心怀梦想 无问西东

孙 彤 朱晓晖 雷 洁 居 里 编著

$$\left[\sum_{k=1}^{n}\frac{1}{k}\right]-\ln n$$

$$\left(\frac{f(x)}{g(x)}\right)'=\frac{f'(x)\cdot g(x)-f(x)\cdot g'(x)}{g^2(x)}$$

$$)'=\sec^2 x$$

$$=a^x\ln a$$

济南出版社

图书在版编目（CIP）数据

心怀梦想，无问西东 / 孙彤等编著 . -- 济南：济
南出版社，2025. 3. -- （追光：我们的榜样故事丛书 /
蔡静平，胡耀武主编）. -- ISBN 978-7-5488-6551-3

Ⅰ . I247.81

中国国家版本馆 CIP 数据核字第 2024QU2039 号

心怀梦想，无问西东

XIN HUAI MENGXIANG, WU WEN XIDONG

孙 彤 朱晓晖 雷 洁 居 里 编著

出 版 人 谢金岭
责任编辑 秦 天 杜昀书
插画设计 李泽群
装帧设计 纪宪丰

出版发行 济南出版社
地 址 山东省济南市二环南路 1 号（250002）
总 编 室 0531-86131715
印 刷 济南鲁艺彩印有限公司
版 次 2025 年 3 月第 1 版
印 次 2025 年 3 月第 1 次印刷
开 本 145mm×210mm 32 开
印 张 6
字 数 115 千字
书 号 ISBN 978-7-5488-6551-3
定 价 29.80 元

如有印装质量问题 请与出版社出版部联系调换
电话：0531-86131716

写在前面的话

蔡静平　　胡耀武

从古至今，教育不仅承担着传递知识的重任，更深刻地塑造着我们的品格，培育着我们坚韧不拔的奋斗精神，点燃我们内心深处的理想之光。而在教育的过程中，那些生动鲜活、感人至深的榜样故事给予我们力量，激励着我们勇往直前，追逐并实现自己的梦想。

现在，有一套充满智慧与力量的丛书正等待着你们。在这套书中，作者用生动细腻的笔触，记录了各时期、各行业中英模人物的先进事迹，传递了奋斗与拼搏的价值，彰显出奉献与牺牲的精神，展现了中华民族深厚的信仰、坚定的信念、不屈的血性和强大的力量。这不仅是写给青少年的一套书，更是一颗播撒在青少年心田的种子，期待着它生根发芽，绽放出绚烂的花朵。

我们常说，榜样的力量是无穷的。那些通过奋斗和牺牲实现自我超越的榜样人物，他们的精神如同璀璨的灯塔，永远照亮我们前行的道路。无论是在过去、现在还是未来，这些英雄人物与奋斗梦圆者的事迹，都是我们宝贵的精神财富。从辛亥革命到解放战争，从新中国成立到新时代的建设，我们的祖国经历了无数的风雨，但正因有这些不屈不挠的奋斗者和牺牲者，我们的祖国才能从苦难中崛起，在挑战中成长，最终迎来今日的繁荣与昌盛。他们每个人的故事都闪耀着人性的光芒，他们的行动或许平凡，但精神却何其伟大！

书中奋斗圆梦故事的主角，既有过去时代的伟大人物，也有当代的杰出代表。矢志求道的华罗庚，筑梦航天的钱学森，追逐"禾下乘凉梦"的袁隆平，梦圆飞天的杨利伟……他们的奋斗经历虽然跨越了不同的时空，却蕴藏着相同的信念：梦想的实现从来都不是一蹴而就的，而是需要脚踏实地的努力，经历无数次的失败后依然选择勇敢地站起来继续前行，才能获得成功。这些模范人物的事迹和精神，正是青少年成长道路上需要的精神食粮。

书中的战斗英雄故事，更是令人震撼。"你退后，让我来！""为了新中国，冲啊！""同志们，活在马上，死在马上，马刀见血，为人民立功。"在生死存亡的紧要关头，这些英雄展现出了超凡的勇气和坚定的信念。为了民族的繁荣发展、人民的幸福安康，他们甘愿默默奉献，甚至不惜以生命为代价。英雄之所以伟大，不仅在于他们取得了显赫战果，更在于他们在关键时刻挺身而出，坚定地捍卫自己的信念与信仰。这些崇高品质，是青少年应当永远铭记于心、努力学习的宝贵精神财富。

对于青少年来说，这些故事不仅能增强他们的国家意识、责任意识，更能点燃他们心中那为理想而奋斗的激情之火。特别是在当前这个充满竞争与挑战的时代，青少年常常会感到困惑与迷茫，甚至有时会觉得自己的努力仿佛看不到回报。此时，若能从这些英模人物的鲜活故事中汲取力量，便能更加坚定内心的信念，勇敢地直面生活中的重重挑战与艰难险阻。

希望这套丛书能够成为青少年通向梦想的桥梁，成为他们奋斗路上永不熄灭的火种。在未来的岁月里，这些故事的力量会内化为他们自己的力量，让他们在人生的每一个阶段都能勇敢地追求自己的理想，在实现个人梦想的同时，也为中华民族的伟大复兴贡献自己的力量。

让我们期待，未来的奋斗圆梦者与英雄人物，从今天的你们中诞生。你们的奋斗，将成为中华民族复兴路上不可或缺的动力源泉！

目录
MU LU

目　录

薛暮桥：市场经济拓荒者

　　我国的经济学家里，几乎没有人能比薛暮桥对中国的经济体制产生的影响更大：中国最重要的两个经济体制建设阶段，他都曾亲身参与。他是新中国成立后计划经济体制的主要设计者和执行者，1978年以后又成了市场经济体制改革的重要推动者。革命者、经济学家和经济工作领导人，是这位世纪老人一生三个最为基本和重要的身份。

　　20世纪初，薛暮桥出生在江苏省无锡县礼社镇的一

1

个破落地主家庭。因家境衰败，薛暮桥仅读完三年初级师范便辍学当了铁路实习生，在杭州铁路车站工作。受大革命的影响，年轻的薛暮桥开始探索革命道路并积极加入中国共产党，在杭州参与铁路工人运动。

"四·一二"反革命政变后，薛暮桥被捕入狱，被关押在杭州市的陆军监狱。当时这个监狱共关押着300多名政治犯，其中知识分子占多数。他们利用狱卒管理不严的条件，从狱外弄来很多进步书籍，相互传阅。就这样，薛暮桥在狱中学习了世界语、世界通史，懂得了各国的政治制度，还读了生物学、天文学的一些名著，丰富了世界观。但他读得最多的还是西方和苏联学者的政治经济学著作。在三年的牢狱生活中，他读的书比在正规大学读的书还多。后来，薛暮桥常笑称自己毕业于"牢监大学"。

出狱后不久，薛暮桥来到上海中央研究院社会科学研究所工作，参加了由副所长陈翰笙（中共秘密党员）主持的中国农村经济调查工作，从此开始了长达数十年的经济研究生涯。抗战时期，薛暮桥参加了新四军。在从华中根据地赴延安途经山东时，他应山东根据地领导人之邀，留下来组织山东根据地的经济工作。他在这里领导开展的货币斗争，是革命战争年代中国共产党在金融战线开展斗争的经典战例。

抗战初期，山东各地的货币金融状况极为紊乱，有国民党政府发行的"法币"，还有日伪货币"中国联合准备银行券"。为了占据市场主动权，中共筹办了北海银行并发行"北海银行券"（"北海币"）投放市场，规定"北海币"为抗日根据地通用货币，与"法币"等值流通并可随时兑换。

在仔细考察了山东根据地的情况后，薛暮桥提出，要稳定物价，就必须驱逐"法币"，保证市场上只流通"北海币"。他根据实践经验创造性地提出了一套"物资本位制"理论。和当时通行的"金本位制"不同，他主张"北海币"用根据地自产的重要物资作为储备。这套货币创新理论，使根据地内物价普遍大幅下降，人们生活得到改善，农业生产水平不断提升。"北海币"在与"法币""伪币"的斗争中，成为最后的胜者。在今天，美元、欧元等实质上都是以政府信用作为保证的，但是美元直到20世纪70年代初才脱离黄金，放弃金本位，而"北海币"早在抗战时期就已经开始这样做了。

1966年，薛暮桥因被认为是"经济学界反动学术权威"而被关进了"牛棚"。在这样恶劣的环境中，他完成了《中国社会主义经济问题研究》初稿。1979年，这部经济学著作正式出版，此时的学术界正是一片荒芜，改革开放总设计师邓小平需要一本对全体干部进行经济体制改革启蒙的教材，此书的出版恰逢其时。日本《产经新闻》描述了当时的情景："中国有一本书，跑遍全北京都买不到。"此后三年，该书印刷量接近一千万，还有英、日、法、德、西班牙、塞尔维亚语等外译版，真可以用"洛阳纸贵"来形容。

薛暮桥晚年时说："回顾我开始从事经济研究的岁月，我始终是直接、间接在党的领导和培养之下，怀着坚定明确的政治目标，作为思想文化战线上的一名战士而工作和斗争。"他不是一个把自己关在书斋中的学者，而是一个善于从中国的实际情况出发、研究分析中国经济问题的实践者。

阅读启示

薛暮桥是一位深孚众望的经济学家，他长期担任经济领域的领导并从事研究工作，理论、实践两手抓，他的经济思想对中国经济理论研究和政策制定产生过重要的影响，并受到国际经济界的重视。在坚守理想信念方面，薛暮桥值得我们学习。

拓展延伸

薛暮桥的前半生，是在中国内忧外患、满目疮痍的苦难岁月里度过的，这激励他在青年时代就立志用所学到的经济学知识去拯救祖国。他一生的绝大部分时间是在政治经济学各种范畴的推演和运用中度过的，但他不是一个把自己关在书斋中的学者，他总是善于从中国的实际情况出发，研究分析中国的经济问题。他非常重视调查研究，理论密切联系实际，这是他的主要治学特点。

厉以宁：经济改革路上的诗人

作为改革开放的亲历者和参与者，北京大学教授厉以宁在经济体制改革、宏观经济分析、教育和经济增长、就业、社会经济的可持续发展与环境保护、企业管理等方面都有开创性的研究和论述，有力地推动了中国经济学的创新发展，为中国经济政策的制定与实践做出了重要贡献。他的思想和理论对中国经济的改革与发展产生了深远影响。

厉以宁，1930年11月出生于江苏省南京市，1955年从北京大学经济系毕业后留校，在经济系资料室工作。当时资料室的工作人员除了要向老师提供借阅书刊，还要搜集、整理、编译国内外的新资料，这份工作使厉以宁有机会接触到大量西方经济学著作和几十种国外经济学期刊。20世纪50年代末60年代初，他翻译了200多万字的经济史著作，还为北大经济系内部刊物《国外经济学动态》提供了数十万字的稿件。

1977年，厉以宁结束了二十余年资料室青灯黄卷式的生活，正式登上讲台，很快成为大受学生欢迎的教师。几年间，他从资本论、经济史、经济思想史讲到统计学、会计学，先后讲过的课多达二十余门。他讲课不念讲义，只在几张卡片上列出提纲，或坐或走，将艰深的内容娓娓道来。有学生说，听厉老师讲课，如同和一位长者冬日拥炉谈心。他的课经济系学生爱听，其他专业的学生也常常来"蹭"，有时连走廊上也挤满了人，以至于有学生提前领号，凭号入场。

1984年，中国的改革由农村向城市延伸，面临的问题更为复杂，价格"双轨制"的负面影响日趋显现。1986年4月26日，厉以宁在北京大学纪念"五四"学术讨论会上，面对上千名听众，首次提出了所有制改革："中国改革的失败，有可能是价格改革的失败；但中国改革的成功，必须是所有制改革的成功。"当年9月，厉以宁在《人民日报》发表文章提出，经济改革最好的手段便是利用股份制的形式来改造现有的国有企业，改造现有的大集体企业。作为我国最早提出股份制改革理论的学者之一，厉以宁持续地为国有企业股份制改革疾呼，有海外中文报纸给他起了"厉股份"的外号。

厉以宁主要研究西方经济学、中国宏观经济问题、宏观经济的微观基础和资本主义的起源问题，他在对中国以及其他许多国家经济运行的实践进行比较研究的基础上，提出了中国经济发展的非均衡理论。1990年，他的专著《非均衡的中国经济》问世，此后几十年多次再版，被称为"影响中国经济体制改革最重要的十本书之一"。

2004年，厉以宁在担任全国政协经济委员会副主任期间，将《关于促进非公有制经济发展的建议》连同一封言辞恳切的信送到国务院，提出"中国的民营企业自身必须进行长期的结构调整，要不断有制度创新、技术创新和品牌创新"。2005年，《国务院关于鼓励支持和引导个体私营等非公有制经济发展的若干意见》问世，这就是著名的"非公经济36条"，厉以宁又成了"厉民营"。

"股份制是解决就业问题的重要途径""经济改革的成功并不取决于价格改革，而取决于所有制的改革""减员增效从宏观来说，是根本错误的""政府的首要经济目标是增加就业机会""一定要推行社会保障制度的改革，让更多的人能享受到改革开放成果""中国需要大量的民营企业""道德是仅次于市场调节和政府调节的第三种力量"……近四十年来，厉以宁的声音总是伴随着改革开放的节拍传入人们耳中。

厉以宁经邦济世，心系民生。从股份制到《证券法》，从民营经济到扶贫开发，从林权改革到低碳经济，每件事的推动都折射出他的心血和智慧。他笔耕不辍、著作等身，作品涉及领域广，具有重要的研究价值、文献价值和理论价值，为推动中国经济改革和发展提供了重要的理论参考。他传道授业、桃李天下，他的教诲不断激励着学生们在中国经济改革的各条战线上不断奉献。

阅读启示

"溪水清清下石沟，千弯百折不回头。兼容并蓄终宽阔，若谷虚怀鱼自游。心寂寂，念休休，沉沙无意却成洲。一生治学当如此，只计耕耘莫问收。"厉以宁在毕业时以这首《鹧鸪天 大学毕业自勉》来勉励自己。现如今，他的一言一行已成为后来者前进的动力。正如曾任北京大学常务副校长、光华管理学院院长的吴志攀教授所言："他的身上体现了北大人心系天下的历史使命感和社会责任感，他百折不挠的勇气和常为新的精神，是我们所有北大人的楷模。"

拓展延伸

　　自从考入北大，厉以宁就没有离开过。他先后在经济系、经济管理学院、工商管理学院工作，直到1994年负责筹建光华管理学院。他写过六首跟光华管理学院有关的诗词，无一不体现出他对北大光华的深厚情感。2017年6月的一个傍晚，厉以宁讲课结束后偕夫人从光华管理学院五楼的办公室窗户远眺，只见光华周边各院新楼林立，未名湖畔湖光塔影、荷香柳荫。此时的光华已取得了令人瞩目的成绩，看到这些，厉以宁觉得自己的一切付出和努力都是值得的。

林毅夫：经济体制改革的积极倡导者

林毅夫是一个极具传奇色彩的人物。他曾是台湾陆军上尉连长，泅水渡海从台湾投奔大陆。他还是享誉国内外，被称为"中国顶级智囊"之一的经济学家。

林毅夫出生于1952年，是中国台湾省宜兰县人，父亲林火树给他取名叫林正义。林毅夫家境贫寒，但他从小勤奋好学、成绩优异，19岁的时候考入台湾大学，并当选为大一学生会主席。

林毅夫入校时恰逢保卫钓鱼岛运动方兴未艾。1970

年，美国政府宣布将把"二战"后托管的钓鱼岛列岛和冲绳一并"归还"日本，海外中国留学生因此群情激愤，掀起了声势浩大的"保钓运动"。林毅夫自小牢记孙中山的遗训："惟愿诸君将振兴中国之责任，置之于自身之肩上。"因此他弃笔从戎，转学台湾陆军军官学校，后又考上台湾政治大学企业管理研究所，毕业后被派赴金门马山播音站前哨担任陆军上尉连长。

在驻扎金门的日子里，林毅夫更加深入地思考了中华民族的未来："我是应该留在台湾作为一名明星式的精英追求顺风顺水的个人仕途，还是应该听从内心的召唤，回到未曾踏足，仍处贫穷落后的祖国大陆为其发展添砖加瓦？从小对自己的期许，让我选择了后者。"当从收音机里得知大陆开始改革开放的消息后，1979年5月16日的夜晚，林毅夫孤身一人跳海，凭借高超的游泳技术游向对岸，来到祖国大陆的怀抱。

从此，"林正义"消失了，他给自己改名为"林毅夫"，寓意"士不可以不弘毅，任重而道远"。到大陆后，北京大学将他录取为经济学系政治经济学专业的研究生，1982年，他毕业并获得经济学硕士学位。其间，林毅夫被派去接待来北大访问的刚获得诺贝尔经济学奖的美国经济学家西奥多·舒尔茨，舒尔茨十分欣赏他，并推荐他去美国继续深造。1986年，林毅夫从美国芝加哥大学经济系毕业，获得博士学位。

1987年，林毅夫学成归来，并带回来整整30箱的西方经济学著作。回国后，他担任国务院农村发展研究中心发展研究所副所长。1994年，他与易纲、张维迎等人创办了北京大学中国经济研究中心（现为北京大学国家发展研究院），林毅夫为主任。该研究中心是中国经济学研究的最前沿，也成为中国政府决策部门重要的智囊之一。后来著名的"用市场换技术"、国企改制等经济政策中，都有林毅夫的建议。同时，林毅夫将西方经济学在中国大陆的课堂上推广开来，带动了我国经济学教育的现代化和研究的本土化、规范化、国际化。

2008年，林毅夫出任被称为"世界上经济学家最高职位"、历来只有美欧著名经济学家才有资格担任的世界银行高级副行长兼主管发展政策的首席经济学家。若用一张纸来罗列林毅夫发表过哪些学术论文，获得过多少奖项，担任过哪些职位，恐怕很难写下，因为实在数不胜数。

2002年，林毅夫的父亲去世，他只能通过互联网直播连线的方式参与父亲的告别式。当看到父亲的灵位时，他泪流不止。告别式结束后，他仍跪叩不起，最后在女儿和学生的搀扶下才缓缓起身。自古忠孝难两全，林毅夫对父母有愧，但对祖国而言，他是当之无愧的优秀中华儿女。

阅读启示

林毅夫在他70岁时感言："1978年的改革开放以后，我国迎来了连续四十多年的快速增长，现在我国比历史上任何时期都更接近民族的伟大复兴，我1979年回到大陆恰逢其时，目睹也参与了这场人类历史上的经济增长奇迹。"林毅夫的勇气和决心，不仅彰显了个人无畏的精神力量，更深刻体现了深厚的家国情怀。

拓展延伸

如今，林毅夫仍在不断探索，力图将中国的经验与理论应用至其他发展中国家，帮助其实现发展转型。他说，改革开放取得的成绩是理论创新的重要源泉，"我们有幸身处这个时代，就应抓住时代机遇，不辜负这个时代"。

华罗庚："中国现代数学之父"

　　华罗庚是我国家喻户晓的数学家，很多人知道他是因为一项全国性大型少年数学竞赛——"华罗庚金杯"少年数学邀请赛。他在国际上也享有盛誉，在美国芝加哥科学技术博物馆中，他与少数经典数学家一起，被列为"人类历史上88位最重要的数学伟人"。美国数学史家贝特曼称："华罗庚是中国的爱因斯坦，足够成为全世界所有著名科学院的院士。"而这位数学大师只有初中文凭。

华罗庚出生于江苏省常州市金坛县（今金坛区）的一个普通家庭，父亲华瑞栋开了一间小杂货铺，母亲是一位贤惠的家庭妇女。他幼时爱动脑筋，因思考问题过于专心而被同伴们戏称为"罗呆子"。15岁时，华罗庚到上海中华职业学校求学，但因拿不出学费而中途退学。虽然学历停在了初中，但他并没有终止学习的脚步。辍学在家的华罗庚，仅有一本《大代数》、一本《解析几何》以及一本不完整的《微积分》。他在家里的杂货铺边站柜台边顽强自学，有时算得入迷，竟将自己的演算结果当成货款告诉客人。就这样，他用五年时间学完了高中和大学低年级的全部数学课程。其间，他不幸染上伤寒病，虽然捡回了一条性命，但左腿落下了残疾。在这之后，他走路时要左腿先画一个大圈，右腿再迈上一小步，他幽默地说自己走路是"圆与切线的运动"。

凭借自己的数学天赋和刻苦努力，华罗庚得到了清华大学数学系主任熊庆来的赏识，破例进入清华大学图书馆担任馆员。利用工作闲暇，华罗庚用一年半的时间学完了数学系全部课程，还自修了英、法、德文，在国外杂志上发表了三篇论文。1936年，华罗庚被保送到英国剑桥大学进修，两年发表了十多篇论文，每一篇论文都足以让他获得博士学位。但华罗庚对此并不热衷，他觉得正式读博会限制自己的学习范围，不如用这两年的时间多学些东西、多写点文章。他提出的"华氏定理"改进了剑桥大学首席教授哈代的结论，引起国际数学界的赞赏，哈代称赞他为"剑桥的光荣"。

抗日战争时期，华罗庚曾用数论原理一夜间破获了日军密码。1943年，华罗庚正在庐山休养，国民党政府情报部门突然找到了他。因为日军突然改变了密码编排方式，许多破译专家都无法解密，所以他们希望这位天才数学家可以提供帮助。深知事关重大，关系到民族利益，华罗庚一刻不停地开始工作。面对着只有数字的纸片，他不眠不休地演算了一夜，终于弄清了加密原理——原来这个密电码是运用了莫比乌斯函数对内容进行加密，只要利用莫比乌斯反函数逆推回去，便可将密码翻译回明文。这次破译出来的密码，是日军关于轰炸昆明的作战计划，由于及时掌握了情报，昆明方面有所准备，将损失降到了最低。

1946年，华罗庚应邀赴美国普林斯顿高等研究院做研究。1949年，在得知新中国成立的消息后，在美国讲学的华罗庚毅然决定回国。在途中，他写下了《致中国全体留美学生的公开信》，信中写道："受了同胞们的血汗栽培，成为人材之后，不为他们服务，这如何可以谓之公平……'梁园虽好，非久居之乡'，归去来兮！"回国后，华罗庚担任了清华大学数学系主任、中国科学院数学研究所所长、中国科学院计算技术研究所筹委会主任等职，还发现和培养了王元、陈景润等数学人才。

为了将数学与实际生产生活联系到一起，华罗庚开始在工农业生产中推广"优选法和统筹法"，足迹遍及全国多个省市，掀起了科学实验与实践的群众性活动，取得了很大的经济效益和社会效益。在生命的最后几年，华罗庚几乎将全部精力投入推广应用数学方法的工作之中。年过古稀的华罗庚在接受采访时说："我最大的希望，是工作到我生命的最后一天。"

阅读启示

天才在于积累，聪明在于勤奋。华罗庚为他钟爱的数学事业奉献了毕生的精力和汗水，为祖国和人民贡献了全部的心血和智慧，他无愧于"中国现代数学之父"的称号。

拓展延伸

1985年，美国《世界科学》杂志发表了《华罗庚形成中国的数学》一文，文中写道："他（华罗庚）回国对中国数学是十分重要的，很难想象，如果他不曾回国，中国的数学会怎么样。"

陈景润：哥德巴赫猜想第一人

　　有这样一个人，他身材瘦小，寡言少语。他走向社会的第一份工作是中学老师，却因口齿不清，不被允许上讲台授课，只可批改作业。然而，他却独独爱上了数学，一辈子跟"1+1等于多少"较上了劲。他就是数学怪才陈景润。

　　陈景润出生于福建省福州市，从小性格内向，最喜欢演算数学题。数学老师讲的一个故事在少年陈景润的心里埋下了一颗种子：1742年，德国数学家哥德巴赫发现，任一大于2的偶数都可以写成两个素数的和，但这个猜想哥德巴赫自己至死也没证明出来，两百多年来，许多数学家试图证明，但都没有成功。那时的陈景润就在想：如果我能证明出来呢？

1949年至1953年，陈景润就读于厦门大学数学系。毕业后，由于他对数论中一系列问题的研究得到数学家华罗庚的赏识，1957年，他被调到中国科学院数学研究所工作。

陈景润刚到中科院数学研究所工作时，还没有固定的宿舍，只能暂住在旅社里。后来，中科院家属宿舍落成，陈景润和其他几名同事终于可以住进宽敞明亮的宿舍。但陈景润每天都要演算数学问题到深夜，久而久之，难免有人有怨言。于是，他便想搬到隔壁的厕所去住。在他的坚持下，数学研究所破例让他住进那个只有3平方米的厕所。后来，为了离资料室更近一些，他又搬到了一个只有6平方米的小屋。

陈景润并不在乎在这间小小的陋室里生活有多不方便，条件有多窘迫，他只想有一个属于自己的空间，可以全身心地投入数学研究中去。在这一方斗室中，他废寝忘食地搞研究，常常每天工作12个小时以上。有一件关于陈景润忘我钻研的小趣事广为流传：他边走路边思考，不小心撞到了人，他连忙道歉，可对方没有反应，仔细一看才发现，他撞到的原来是一棵白杨树。

正是因为这种超人的勤奋和刻苦钻研的精神，1966年，陈景润发表的《大偶数表为一个素数及一个不超过二个素数的乘积之和》（简称"1+2"）成为哥德巴赫猜想研究史上的里程碑；1973年，他在《中国科学》发表了"1+2"的详细证明并改进了1966年宣布的数值结果，立即在国际数学界引起了轰动，这一结果被公认为是对哥德巴赫猜想研究的重大贡献，时至今日仍是国际上的最好结果。他的成果被国际数学界称为"陈氏定理"，并被写进美、英、法、日等国家的数论书中。世界数学大师安德烈·韦伊称赞他说："陈景润的每一项工作，都好像是在喜马拉雅山山巅上行走，危险，但是一旦成功，必定影响世人。"

陈景润自幼家境贫困，受父母勤俭节约生活习惯的影响，他在生活上从来不追求物质，一直保持着简单朴实的品格。

在摘取数学皇冠上最璀璨的明珠——哥德巴赫猜想后，陈景润声名鹊起，物质条件也提升了不少。但他对吃穿享受这些仍然很不在意，一日三餐总是馒头、面条、咸菜、豆腐，国家给他发的32斤粮票总能剩下很多。他经常说："我们的国家还不富裕，我不能只想着自己享乐。"陈景润的穿着也很简单，父亲留给他的一件旧棉大衣，他穿了二十年，天暖了就把棉絮拆了当单衣穿，天冷了再把棉絮填回去，所以一年四季人们总是看见他穿着这件外衣。陈景润曾经出国两次，但他没有给家人、朋友买任何礼物，而是把节省下来的外汇捐给了国家。到了20世纪80年代，陈景润才搬进了单位给他分配的新房，当时像冰箱、彩电、洗衣机这些大件家电都需要凭票购买，单位给他发了几张票，可他什么也没买，家里的陈设十分简单。直到1983年他的妻子被调回北京，家里才添置了一台国产洗衣机和一台小电冰箱。

阅读启示

陈景润身上这种安贫乐道、艰苦朴素的品格，使他在追求数学真理的道路上心无旁骛、勇攀高峰，即使面对再多的困难和挫折，也能保持坚韧不拔的定力，最终获得举世闻名的成就。

拓展延伸

陈景润在解析数论研究领域取得了多项重大成果，获得了国家自然科学奖一等奖、华罗庚数学奖、何梁何利基金奖等。1996年，在患帕金森综合征十多年后，由于突发性肺炎并发症导致病情加重，陈景润在北京逝世。他为科学事业做出的最后一次贡献，是捐赠遗体供医院研究。

季羡林：笔耕不辍的国学泰斗

季羡林生于1911年，山东省清平县（今属临清市）人。6岁到济南投奔叔父，7岁后分别于山东省立第一师范附设小学、济南新育小学就读。12岁考入正谊中学，15岁转入山东大学附设高中。高中时，他开始学习德文，并对外国文学产生了浓厚的兴趣。

1930年，他考入清华大学西洋文学系，师从吴宓、叶公超，学习东西诗比较、英文、梵文，并选修陈寅恪的佛经翻译文学、朱光潜的文艺心理学、俞平伯的唐宋诗词、朱自清的陶渊明诗。这一时期，他与同学吴组缃、林庚、李长之结为好友，被称为"四剑客"。面对复杂的梵文，他潜心苦读，争分夺秒，可谓"开电灯以继晷，恒兀兀以穷年"。

1935年9月，清华大学文学院与德国交换研究生，季羡林被录取，随即到达德国。季羡林选择研究梵文，他认为"中国文化受印度文化的影响太大了"，于是"要对中印文化关系彻底研究一下，或许能有所发现"，因此，"非读梵文不行"。后来，季羡林在《留德十年》中写道："我毕生要走的道路终于找到了，我沿着这一条道路一走走了半个多世纪，一直走到现在，而且还要走下去。"刻苦学习使季羡林在论文答辩和考试中得到四个"优"，获得博士学位。

法西斯崩溃前夜，德国本土物质匮乏，季羡林和德国百姓一样，饱受战乱之苦，在饥饿中挣扎。作为海外游子，他尤觉"天涯地角有穷时，只有相思无尽处"，祖国之思和亲情之思日夜萦绕。他曾写道："我怅望灰天，在泪光里，幻出母亲的面影。"

1946年，季羡林回到祖国的怀抱，被聘为北京大学教授，创建东方语言文化系。从此，他长期任教北大，在语言学、文化学、历史学、佛教学、印度学和比较文学等方面研究颇深，研究翻译了梵文著作和德、英等国的多部经典。季羡林的学术研究，用他自己的话说就是："梵学、佛学、吐火罗文研究并举，中国文学、比较文学、文艺理论研究齐飞。"

季羡林受人敬仰，不仅因为他的学识，还因为他的品格。他对待学术、工作非常严谨，对自己和别人要求也都非常严格。他精力过人，每天到单位非常早，有时会提前3个小时到。即使是在最困难的时候，他也没有丢掉自己的良知。他在"文革"期间偷偷地翻译印度史诗《罗摩衍那》，又完成了《牛棚杂忆》一书，其中凝结了很多对于人性的思考。

季羡林的国文老师是翻译家董秋芳，季羡林说："我之所以五六十年来舞笔弄墨不辍，至今将近耄耋之年，仍然不能放下笔，全出于董老师之赐，我毕生难忘。"后来他在病榻之上也仍然坚持写作。文学的最高境界是朴素，季羡林的作品就达到了这个境界。他的作品朴素，是因为他朴素，他朴素，是因为他真诚。他一生坚持讲真话、做真人，他的人格魅力深深地感染着身边的人。他淡泊名利，专心治学，以身作则，为后来的学者树立了榜样。

阅读启示

在《病榻杂记》一书中，季羡林用通达的文字，廓清了他是如何看待这些年外界"加"在自己头上的"国学大师""学界泰斗""国宝"这三项桂冠的。

他表示："三顶桂冠一摘，还了我一个自由自在身。身上的泡沫洗掉了，露出了真面目，皆大欢喜。"季美林一生勤恳、著作等身，却自摘桂冠，展现出他谦虚谨慎、清醒睿智的品质。

拓展延伸

季美林通英文、德文、梵文、巴利文，能阅俄文、法文，尤精于吐火罗语（当代世界上分布区域最广的语系——印欧语系中的一种独立语言），是世界上仅有的精于此语言的几位学者之一，可谓著名的东方学大师。他是北京大学的终身教授，与饶宗颐并称为"南饶北季"。

袁隆平：杂交水稻研究的开创者

提起袁隆平，几乎没有人不知道他的贡献和功绩。这位让中国人"端牢饭碗"的"杂交水稻之父"，是一位真正的耕耘者。当他籍籍无名时，他用自己的脚板丈量祖国的土地，躬身做一介农夫；当他名满天下时，却仍然只专注于田畴，淡泊名利，播撒智慧。

北京协和医院的历史档案，保存着袁隆平的出生记录，当时为他接生的是著名妇产科医生林巧稚。幼时的袁隆平跟随父母先后在北平（今北京）、天津、江西、湖南等地生活与学习。

据袁隆平回忆，他年轻的时候曾亲眼看到五个饿死的人倒在路边、桥下、田坎上，对他触动非常大，让他深切体会到粮食的重要性。1949年至1953年，袁隆平在西南农学院农学系农作物专业学习。他说："我曾梦见水稻长成高粱一样高，自己坐在田里乘凉。"这个"禾下乘凉梦"，成了袁隆平一生潜心科研的动力。

水稻，养活了世界上几乎一半的人口，但因为雌雄同株，曾让育种专家们利用杂种优势成为奢望。六十多年前，在湖南安江农校当教师的袁隆平在水稻试验田里偶然发现了一株稻，这株稻的穗子比普通稻穗大许多。他欣喜地收下种子，种下、观察，再种下、再观察……由此开始了对杂交水稻的漫漫求索路。

袁隆平从1964年开始研究杂交水稻，他的论文《水稻的雄性不孕性》首次描述了水稻雄性不育株的"病态"特征，并正式提出了通过培养水稻"三系"来利用水稻杂种优势的设想。经过数年不懈的试验和研究，1973年，袁隆平正式宣布籼型杂交稻"三系"配套成功。1974年，育成第一个杂交水稻强优势组合"南优2号"，使中国成为世界上第一个在生产上成功利用水稻杂种优势的国家。

1987年，国家"863计划"将两系法杂交水稻研究立为专题，袁隆平组成两系法杂交水稻研究协作组开展攻关。历经9年的艰苦研究，1995年，两系法杂交水稻取得了成功，一般比同熟期的三系杂交稻每亩增产5%—10%，且米质较好。两系法杂交水稻为中国独创，它的成功是作物育种上的重大突破。

1997年，袁隆平又提出了旨在提高光合作用效率的超高产杂交水稻形态模式和选育技术路线，开始了对"中国超级杂交水稻"的研究，并于2000年、2004年、2012年分别实现超级稻第一、二、三期目标。2006年，袁隆平提出"种三产四"丰产工程，即运用超级杂交稻的技术成果，力争用三亩地产出现有四亩地的粮食。

"发展杂交水稻，造福世界人民"是袁隆平毕生的追求。为了实现这一宏愿，他长期致力于促进杂交水稻走向世界。袁隆平被联合国粮农组织聘请为发展杂交水稻的国际首席顾问，任职期间他曾多次出访考察，指导外国的水稻种植。

事业上的成就和贡献令人肃然起敬，而在生活中，袁隆平也是一个鲜活可爱的人。他多才多艺，喜欢"撸猫"，爱拉小提琴，英文流利，还曾是游泳冠军，爱吃零食、爱吃糖。他还称呼自己为"资深帅哥"，当被问到"帅不帅"时，他会得意地回答"handsome（帅）"。

袁隆平晚年患上了慢阻肺，多走两步路都会喘，但直到2021年初，他还坚持在海南三亚南繁基地开展科研工作。2021年5月22日，袁隆平在湖南长沙逝世，享年

91岁。在一段送他去医院的视频里，袁隆平还在乐观而深情地唱着《歌唱祖国》。他逝世后，中外各界都表示沉痛悼念，他对杂交水稻事业做出的伟大贡献，受到全世界的高度认可。他将永远为人们所缅怀和铭记。

阅读启示

"人就像种子，要做一粒好种子。"稻田追梦的科学巨擘袁隆平，把论文写在祖国的大地上、农田里。中国的禾下土里有他的汗水，世界的稻花香里有他的笑颜。他热爱祖国、一心为民、造福人类的崇高品德，与时俱进、勇攀高峰的创新精神，不畏艰险、执着追求的坚强意志，严以律己、淡泊名利的高尚情操，值得我们学习。

拓展延伸

袁隆平有两个梦想，一个是禾下乘凉梦，一个是杂交水稻覆盖全球梦。如果这两个梦想都实现了，他仍然会有新的梦想。正如袁隆平以诗自励："山外青山楼外楼，自然探秘永无休。成功易使人陶醉，莫把百尺当尽头。"

钱学森：中国导弹航天事业奠基人

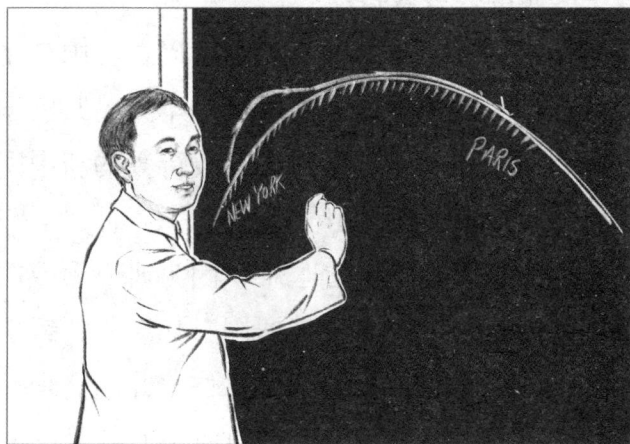

　　五年归国路，十年两弹成。浩瀚宇宙，万里长空，全纳入赤子心胸。他是为中华人民共和国的发展做出不可估量贡献的老一辈科学家团体之中影响最大、最具代表性的伟大科学家；他是知识的宝藏，是国防科技工作者群体的旗帜。他就是钱学森。

　　1911年，钱学森出生于上海，他的家庭是江南名门钱氏家族，父亲钱均夫是教育家和文史专家，钱学森从小就接受到了良好的教育。23岁时，从国立交通大学毕业的钱学森考取了清华大学第七届庚款留美学生，进入美国麻省理工学院航空系学习。在获得航空工程硕士学位之后，他又转入美国加州理工学院航空系读博士，师从航天工程学家西奥多·冯·卡门。在获得航空、数学博士学位后，钱学森开始任教，36岁时，他就已经成为麻省理工学院的终身教授。

作为杰出的科学家，钱学森本可以在美国享受优厚的经济待遇和生活条件，但当听到中华人民共和国成立的消息后，他毅然决然选择回到百废待兴的新中国，想用自己所学的知识去建设祖国。

钱学森的归国之路十分艰难，因为研究领域的特殊性，美国方面一直试图阻挠他回国。1950年，钱学森来到港口准备回国时，被美国官员拦住，并以莫须有的罪名被拘留在特米那岛上14天，直到加州理工学院送去1.5万美元保释金后才被释放。此时，美国国内政局突变，钱学森成了美国政府对付共产党的假想敌，钱学森夫妇丧失了基本的人权，在美国遭受迫害。1955年，经过中国政府的不断努力，钱学森终于偕妻子和一双儿女登上了回国的轮船，回到祖国母亲的怀抱。

归国以后，钱学森马上投入我国国防航天工业的科研工作中。1956年，他受命组建了中国第一个火箭、导弹研究所——国防部第五研究院，并担任首任院长。钱学森凭借着异禀天赋，带领来自祖国各地的最尖端的人才逆流而上，终于奠定了中国火箭事业的基础。1960年11月5日，"东风一号"导弹试射成功。随后，"东风"系列火箭很快实现了携带核武器实施远程攻击的战略设想。1966年10月，新中国第一枚核导弹于罗布泊靶场试射成功，全中国为此振奋！

当时，钱学森家的收入主要来自他和妻子蒋英的工资。那时教授的工资并不高，这点收入要抚养两个孩子，赡养钱学森的父亲和蒋英的母亲、奶妈，十分困难。他们的生活水平较在美国时期差距巨大，但钱学森始终保持着艰苦奋斗的本色，把钱财看得很轻。他常说："我姓钱，但我不爱钱。"除了工资以外，钱学森通过出版科学著作也能挣到不菲的稿费，但他把几笔大的稿费都捐了出去，从未拿回家给自己用。

1958年，钱学森将出版《工程控制论》获得的稿费全部捐给他当时任教的中国科技大学，资助经济困难的学生购买计算尺。20世纪60年代初，钱学森的《物理力学讲义》和《星际航行概论》出版，他收到了几千元的稿费。拿到这笔巨款后，他连袋子都没有拆就直接让秘书将其作为特别党费上交给了党组织。

钱学森也不恋权，他说过，如果不是工作需要，他什么官也不愿当。他主动辞去了国防科委副主任、科协第三届主席、学部委员等职务，就连全国政协副主席的职务也是坚决婉拒。组织上多次想给他换大房子，但他都没有接受，直到去世都一直居住在航天大院的一个普通单元房里。

阅读启示

《钱氏家训》中有一句话："利在一身勿谋也，利在天下者必谋之。"钱学森毕生都在践行着这则家训。在他心里，国为重，家为轻；科学最重，名利最轻。

拓展延伸

钱学森是我国国防航天事业的奠基人，被誉为"中国航天之父""中国导弹之父"。他不仅领导参与了近程、中近程导弹和中国第一颗人造地球卫星的研制，以及用中近程导弹运载原子弹的"两弹结合"试验，还在空气动力学和固体力学方面做过开拓性研究，发展建立了工程控制论和系统科学体系等。钱学森一生的科研成就可谓硕果累累。

钱伟长：弃文从理的力学巨匠

在中国近现代历史上，江南钱氏的"名流现象"让人喟叹不已，被周恩来总理称为科技界"三钱"的钱学森、钱伟长、钱三强皆有"人中龙"之称。其中，钱伟长兼长应用数学、力学、物理学、中文信息学，在弹性力学、变分原理、摄动方法等领域也有重要贡献。

钱伟长出生于江苏省无锡市，父亲是国学大师钱穆的长兄钱挚。受家庭环境的熏陶，钱伟长的国学功底非常扎实。18岁那年，钱伟长中学毕业，被清华大学、交通大学、浙江大学、武汉大学、中央大学五所大学同时录取。钱伟长在中学时属于"偏科生"，在数理化上一塌糊涂，物理只考了5分，数学、化学共考了20分，英文因没学过是0分。但他的文史极好，最后以中文和历史两个100分的成绩进入了清华大学历史系。九一八事变后，钱伟长从收音机里听到了这个消息，一下子就火了，拍案而起说："我不读历史系了，我要学造飞机大炮！"老师和叔叔自然都不同意，就连中文系的两位教授听说此事也来劝他好好考虑，并代表中文系向他抛出了橄榄枝，他们正是朱自清和闻一多。然而钱伟长不为所动，因为九一八事变彻底改变了他的人生目标。日本侵占东三省，蒋介石却说别人有飞机大炮打不过，叫张学良不要抵抗。钱伟长听了义愤填膺，下定决心要转学物理以振兴中国的军力。得知缘由后，老师们都被他的爱国热情打动了。

当时清华大学物理系每年招生不超过十个人，以钱伟长的成绩，想进物理系实在太难了。于是，每天早上六点，他就去时任物理系教授的吴有训的办公室，孜孜不倦地"磨"，表明自己的决心。他还找到了时任理学院院长的叶企孙教授，坦陈自己转系是为了科学救国。经过锲而不舍的"软磨硬泡"，钱伟长终于获得了转系的机会，不过有一个附加条件：大一结束后，他的数理化成绩必须在70分以上。他兴奋地答应下来，此后，除了吃饭睡觉，他把全部时间和精力都用在学习物理和数学上。后来回忆起那段求学的岁月，钱伟长说："那时候跟我一样拼命的有华罗庚。我是很用功的，每天早晨五点到科学馆去背书，可是华罗庚已经背完了。"

钱伟长从清华大学物理系顺利毕业后，又赴加拿大多伦多大学应用数学系学习，主攻弹性力学，这也是多伦多大学首次接收中国研究生。1946年，已经是美国加州理工学院喷射推进研究所工程师的钱伟长，放弃了国外优厚的工作和生活条件，以"久离家园、怀念亲人"为由回到祖国。1951年，钱伟长在中国科学院创办了我国第一个力学研究室，后来又与钱学森合作，创办了中国科学院力学研究所、自动化研究所。1956年，他参与制订了中国第一个十二年科技规划，他提出的专业计划包括原子能、导弹航天、自动化、计算机和自动控制等，唯独没有自己的专业——力学和应用数学。面对"钱伟长怎么不要自己专业"的质疑，他说："我没有专业，国家的需要就是我的专业。"

1957年，钱伟长被错划为"右派分子"，除保留教授职务外，其余职务全部被撤销，并受到批判。后来，钱伟长被分配到北京特殊钢厂劳动锻炼，担任炼钢车间的炉前工。炉前工使用的工具钢钎重达52斤，这对于50多岁的钱伟长来说实在太重了。不过，他并没有自怨自艾，而是利用自己擅长的力学做出了一个"钱氏支架"，既省力又高效。他还帮助工厂设计制造了800吨的水压机和2000平方米的热处理车间及其设备，给工人们讲解操作技术。一时间，钱伟长被称为戴着"右派"帽子的"万能科学家"。

在生命中最艰难的时期，他对祖国和人民的爱也从未消失半分。1958年至1966年，钱伟长编写了约600万字的教材，审稿300余件。在艰难的条件下，他依然通过各种渠道将科学成果贡献给国家，成为爱国的"无名英雄"。"我从不考虑自己的得与失，祖国和人民的忧就是我的忧，祖国和人民的乐就是我的乐。"

阅读启示

"我没有专业，国家的需要就是我的专业。"这是钱伟长的名言。"我36岁学力学，44岁学俄语，58岁学电池知识。不要以为年纪大了不能学东西，我学计算机是在64岁以后，我现在也搞计算机了。"从义理到物理，从固体到流体，鞠躬尽瘁，死而后已，是他一生的写照。

拓展延伸

2020年2月5日，国际编号为283279号的小行星，被国际小行星委员会正式命名为"钱伟长星"，以此来纪念他杰出的科学贡献。对杰出科学家给予小行星国际命名，是一项国际性、永久性、不可变更的荣誉。

钱三强：中国原子能科学事业创始人

1964年10月16日，是令中国人难以忘记的一天。这一天，在中国西部，一朵蘑菇云腾空而起，正在崛起的中国向世界宣告：中国第一颗原子弹爆炸成功了！当时中国在原子弹制造技术上的总负责人、总设计师，就是钱三强。

钱三强原名钱秉穹，出生在浙江省绍兴市的一个书香世家，他的父亲钱玄同是中国近代语言文字学家，也是新文化运动的倡导者。像许多大科学家一样，钱三强的求学之路充满了"学霸"光环：7岁时，他被父亲送进了由蔡元培、李石曾、沈尹默等北京大学教授创办的孔德学校；16岁时，他考入了北京大学理科预科班，3年后考入清华大学。

在清华学习期间，钱三强不仅学习成绩好，还酷爱体育锻炼，篮球、乒乓球都很拿手，音乐也不错，因此好友给他起了一个外号"三强"。钱三强知道后不但没有生气，反而觉得这个名字比自己原来的名字好记，于是在经过父亲的同意后，他正式改名为钱三强，寓意着德强、智强、体强。

1937年，钱三强赴法国巴黎大学镭学研究所居里实验室攻读博士学位，师从居里夫人的女儿。在法国学习期间，钱三强领导研究小组提出原子核裂变可能一分为三，在这之前，国际科学界普遍认为原子核分裂只可能分为两个碎片。原子三分裂观点很快引起国际关注，紧接着，钱三强与妻子何泽慧又发现了铀的四裂变现象，并对原子核三分裂机制做了科学解释。他与妻子被西方称为"中国的居里夫妇"。

1948年初夏，钱三强接受了北京几所大学和中央研究院的邀请，怀揣着"学以致用，报效祖国"的信念，放弃了法国良好的研究工作条件，偕妻子和襁褓中半岁的女儿乘船回到中国。曾有人问他："为什么一定要回国？"钱三强说："虽然科学没有国界，科学家却是有祖国的。"新中国成立以后，钱三强便全身心地投入原子能事业的开创工作中，在中国科学院担任近代物理研究所（后改名为原子能研究所）所长。

1955年，中央决定发展本国核力量，钱三强成为规划的制订人，并作为中国原子能代表团的一员前往苏联谈判、签订苏联援助中国和平利用原子能协议。他领导建成了中国第一个重水型原子反应堆和第一台回旋加速器，使中国的原子能科研工作先后开展起来。早在旅居法国期间，钱三强就读过美国记者斯诺写的纪实文学作品《西行漫记》，通过这本书，他对中国共产党产生了由衷的敬仰和向往。终于在这一年，钱三强实现了自己多年来的愿望，站在党旗下庄严宣誓，光荣加入中国共产党。

随后，主管原子能工业的第三机械工业部成立，钱三强被任命为主管原子弹事业的二机部副部长，他召集了邓稼先等大批优秀核物理学家投入此项工作。在苏联政府停止对中国进行技术援助后，钱三强一方面迅速选调一批核科技专家去二机部，直接负责原子弹研制中各个环节的攻坚任务，一方面会同中国科学院有关领导人组织联合攻关，使许多关键技术得到及时解决。当时，他从孤身战斗到组织队伍，度过了一个又一个紧张奋战的日日夜夜。他找人谈话时，总是神神秘秘地说："我们要放个大炮仗，想请你参加。"就这样，钱三强不负众望，带领一批科学家相继研制出中国第一颗原子弹、氢弹，终于实现了一代人的梦想。

钱三强曾在给国外导师的信中说，他担心忙于科学组织工作而无法再开展科学研究，但为了祖国，他甘于奉献。"我知道人民的胜利不是件容易的事情，为了能获得彻底的胜利，每个人都应当做出自己的贡献。"

阅读启示

"古今中外，凡成就事业，对人类有所作为的无一不是脚踏实地、艰苦攀登的结果。"钱三强坚守着这朴素的人生信条，在烽火中献身科学，在强敌环伺之际报效祖国。在攀登的道路上，他的足迹是那样深，深藏着对科学的信仰和对祖国的热爱。他成就了自己，更成就了祖国。

拓展延伸

钱三强年轻时，其父钱玄同曾手书"从牛到爱"四个大字送给他，希望属牛的钱三强能发扬那股"牛劲"，像牛一般勤勉，同时也希望他在科研上不断进取，向着牛顿和爱因斯坦的方向前进。这四字箴言成为钱三强毕生践行的座右铭，也见证了他的人生轨迹："铆足牛劲"刻苦钻研，"勇执牛耳"舍我其谁，甘当为民服务的"孺子牛"、为原子能事业奠基的"拓荒牛"。

邓稼先：为中国核武器奋斗终生的核弹功勋

　　作为中国人熟悉的"两弹一星"元勋，邓稼先的故事让人潸然泪下。他为中国核武器事业付出了全部的心血，甚至是自己的生命。

　　1924年，邓稼先出生于安徽省安庆市怀宁县的一个书香门第，其父邓以蛰是当时清华、北大等校的哲学系教授。邓稼先童年时期生活在北京，在崇德中学读书时，与高他两班的杨振宁成为好友。1941年，邓稼先进入西南联合大学学习，毕业后他通过了赴美研究生考试，进入美国普渡大学研究生院深造。由于学习成绩突出，他26岁时就获得了博士学位。当时邓稼先可以选择留在美国，那里有优越的工作和生活条件，他的老师和校友也都挽留他，但他始终记得自己赴美留学的初心。1950年10月，他和二百多位专家学者一起回到祖国。

1958年，时任二机部副部长的钱三强找到邓稼先，问他愿不愿意参加核武器研制这项须严格保密的工作。邓稼先毫不犹豫地表示同意，回家只对妻子说自己工作有调动，以后很少回家也不便通信。随后，邓稼先调到新组建的核武器研究所任理论部主任，负责领导核武器的理论设计工作。从此，他将心血全部投入这项极其重要的秘密任务中。

那时，邓稼先带领着一批科学家探索原子弹理论，由于条件艰苦，大家只能使用算盘进行极为复杂的原子理论计算，一日三班倒，算一次要一个多月。后来，邓稼先选定中子物理、流体力学、高温高压下的物理性质这三个方面作为研制原子弹的主攻方向，对原子弹的物理过程进行大量模拟计算和分析。

1959年8月，苏联单方面终止两国签订的国防新技术协定，撤走全部专家，销毁一切资料，中国原子弹研制工作遭遇挫折。在这之后的五年里，邓稼先带领科学技术人员克服了资料少、设备差、环境恶劣等极端困难，在荒无人烟、飞沙走石的戈壁试验场，完成了中国第一颗原子弹的理论方案并参与指导核试验前的爆轰模拟试验。1964年10月，中国第一颗原子弹爆炸成功，该设计方案就是由邓稼先最后签字确定的。原子弹爆炸成功后，邓稼先等科学家立即投入中国第一颗氢弹的研制和试验工作中，组织力量探索氢弹设计原理、选定技术途径。1967年6月，中国第一颗氢弹爆炸成功。

1971年，杨振宁回国探亲，他问还不能暴露工作性质的邓稼先："在美国听人说，中国的原子弹是一个美国人帮助研制的，这是真的吗？"邓稼先请示周恩来总理后，写信回复杨振宁："无论是原子弹，还是氢弹，都是中国人自己研制的。"杨振宁收到信后激动不已，流下热泪。

1979年，在一次氢弹航投试验时，降落伞出现事故，氢弹并没有按照他们预料的那般爆炸，而没有爆炸的氢弹也不知去向。为了找到失败原因，必须有人去寻找那颗摔碎的核弹并带回一些重要的部件。邓稼先说："你们谁也不要去，这是我做的，我知道。你们去了也是白受污染。"最终，氢弹碎片被邓稼先率先找到。他深知其危险性，让其他人在原地等候，自己一个人抢先去把摔破的碎弹拿到手里检验。身为医学教授的妻子得知他"抱"过摔裂的氢弹，在邓稼先回北京后强拉他去检查，结果发现他的体内已侵入了放射性物质。但邓稼先仍坚持回核试验基地工作，许多危险工作他都亲自上。他对周围人下命令："你们还年轻，你们不能去！"

1985年，邓稼先已经罹患直肠癌，医生强迫他住院治疗。经过了三次手术，每每化疗之时，邓稼先都痛苦难忍，可医生们也无计可施，因为辐射早已将他的身体摧毁，此时的他已到了弥留之际。他生前的最后一枚奖章"全国劳动模范奖章"，就是在医院的病房里获得的，当时他庄重地把奖章戴在胸前。就在戴上这枚奖章后的第12天，邓稼先在北京逝世，终年62岁。

阅读启示

"核武器事业是成千上万人的努力才取得成功的，我只不过做了一小部分应该做的工作，只能作为一个代表而已。"在生命的最后时刻，邓稼先对妻子说："假如生命终结后可以再生，那么，我仍选择中国，选择核事业。"邓稼先所代表的科学家精神，已熔铸为中华文化的组成部分，他的不朽英名，将永远闪耀在历史的天空；他的卓越功勋，将永远印刻在人民心中；他的崇高品德，将永远激励科研人员不懈奋斗。

拓展延伸

著名地球物理学家黄大年曾以此言致敬自己的偶像邓稼先："看到他，你会知道怎样才能一生无悔，什么才能称之为中国脊梁。当你面临同样选择时，你是否会像他那样义无反顾？"

朱光亚：中国核事业"众帅之帅"

在"两弹一星"元勋中，他是最后被解密的一位。他为人低调，面对媒体的采访，总是一次又一次地推脱拒绝。他是中国工程院第一任院长，为推动国防科技和武器装备建设事业发展付出了毕生精力。他就是被誉为"中国工程科学界支柱性的科学家"朱光亚。

1924年，朱光亚出生于湖北省宜昌市，由于父亲在一家法国企业工作，他在少年时就得以接受西方教育。读中学时，他对自然科学产生了美好的憧憬，特别是对物理学有了浓厚的兴趣。1941年，朱光亚从重庆南开中学毕业，考入西迁至重庆的国立中央大学物理系。1942年夏天，昆明西南联合大学在重庆招收大学二年级插班生，朱光亚报名应试，并顺利转入西南联大。从大二起，他先后受教于周培源、叶企孙、吴有训等教授。在众多名师的栽培下，朱光亚的学业突飞猛进，为后来的科学研究打下了坚实的基础。

抗日战争胜利时，朱光亚从物理系毕业后留校任助教。在国民政府的安排下，吴大猷、华罗庚、曾昭抡三位科学家被选中前往美国考察原子弹技术。每位教授可以带两名助手，吴大猷挑选了朱光亚、李政道作为自己的助手。但是考察并不顺利，美国毫不留情地表示不会向任何国家开放原子弹研究技术，考察组只能就地解散。但朱光亚并没有忘记自己来到美国的使命，1946年，他进入美国密歇根大学研究生院，继续从事核物理学的学习和研究。1949年，朱光亚获得了原子核物理专业博士学位。

新中国成立后，朱光亚牵头与五十一名留美同学联名撰写了《给留美同学的一封公开信》，他们在信中慷慨陈词："同学们，听吧！祖国在向我们召唤，四万万五千万的父老兄弟在向我们召唤，五千年的光辉在向我们召唤，我们的人民政府在向我们召唤！回去吧！让我们回去把我们的血汗洒在祖国的土地上灌溉出灿烂的花朵！"

1950年2月，朱光亚取道香港，回到北京，任北京大学物理系副教授，后又被调到东北人民大学物理系。1956年，国家决定发展自己的原子能事业，朱光亚被调到中国科学院原子能研究所，参与在苏联援建下开始的反应堆的建设和启动工作。

1962年，朱光亚亲自编写了我国核武器的两个"纲领性文件"；1963年，他组织并确定了第一颗原子弹理论设计方案，报二机部批准后，千军万马奔赴青海草原核武器研制基地进行大会战。1964年10月16日，中国第一颗原子弹爆炸成功。

在这之后的很长一段时间里，朱光亚与众多科学家一起进行了中国第一次核航弹空投爆炸试验、第一次导弹核武器发射爆炸试验、第一颗氢弹空投爆炸试验、第一次地下核试验……他为我国的核物理事业和"两弹一星"事业做了大量的领导性工作。

1970年6月至1982年7月，担任国防科学技术委员会副主任的朱光亚在继续负责组织核武器技术研究与发展工作的同时，组织和指导了中国第一座核电站——秦山核电站的筹建工作。他亲赴浙江、江苏、上海多个选点踏勘考察，最终于1982年选定了浙江省嘉兴市海盐县的秦山厂址。1991年12月15日，秦山核电站首次并网发电成功，实现了中国核电技术的重大突破。

1996年，72岁的朱光亚获得了"何梁何利基金科学与技术成就奖"，奖金高达100万港元，这在当时是一个天文数字。在那个年代，普通工人的月工资也就是三四百元。朱光亚获奖后，把这100万港元全部捐赠给中国工程科技奖励基金会，用以奖励中国优秀工程科技专家。

阅读启示

朱光亚归国抉择的"无悔"、铸造核盾的"无畏"、战略决策的"无惑"、科学精神的"无瑕"、人生境界的"无我"，集中体现了"热爱祖国、无私奉献，自力更生、艰苦奋斗，大力协同、勇于登攀"的"两弹一星"精神，也生动诠释了"爱国、创新、求实、奉献、协同、育人"的科学家精神内涵。

拓展延伸

感动中国2011年度人物颁奖词这样评价朱光亚："他一生就做了一件事，却是新中国血脉中，激烈奔涌的最雄壮力量。细推物理即是乐，不用浮名绊此生。遥远苍穹，他是最亮的星。"

程开甲：中国"核司令"

"黄沙百战穿金甲"，他隐姓埋名，踏入大漠戈壁二十多年；"甲光向日金鳞开"，他鞠躬尽瘁，以身许国铸造核盾。他就是"两弹一星功勋奖章"获得者、2017年"八一勋章"获得者、中国核武器事业的开拓者之一——"核司令"程开甲。

程开甲祖籍徽州。1937年，他高中毕业，被浙江大学录取。为躲避日本侵略者的炮火，浙江大学在四年中搬了七个地方。在中华民族的苦难岁月中，程开甲边流亡边完成了大学学业。

新中国成立后，在英国留学的程开甲给家人、同学写信，询问国内情况。先他回国的同学胡济民告诉他："国家有希望了。"那一刻，程开甲决定回国。1950年，怀揣着报效祖国信念的程开甲回到了一穷二白的中国，先后在浙江大学、南京大学任教。

当时，国家优先发展重工业，南京大学物理系决定开展金属物理研究和筹建专门化。为了适应国家建设的需要，程开甲主动将自己的研究方向由理论研究转为应用研究，率先在国内开展系统的热力学内耗理论研究，出版了我国第一本《固体物理学》教科书。1958年，根据国家发展原子能事业的需要，南京大学物理系决定成立核物理教研室，程开甲再次服从组织安排，开始探索新的领域。他和同事们成功研制了一台双聚焦 β 谱仪和一台直线加速器。

1960年，一纸命令将程开甲调入中国核武器研究所，从此，"程开甲"这个名字进入国家绝密档案，在学术界销声匿迹二十多年。1961年，正当程开甲在原子弹理论攻关上取得重大成绩之时，组织又一次安排他转入一个全新的研究领域——核试验技术，程开甲成为我国核试验技术的总负责人。44岁的程开甲穿上军装，成为一名军人，从此进入人生旅途中长达二十多年的"罗布泊时间"。

1964年9月，在茫茫戈壁滩的深处，竖起了一座102米高的铁塔，原子弹就安装在铁塔的顶部。10月16日，就是在这座铁塔上，惊天动地的蘑菇云腾空而起，中国第一颗原子弹爆炸成功。当时，身经百战的核爆现场总指挥张爱萍将军在指挥所里激动地拿起话筒向周恩来总理报告："总理，我们成功了，原子弹爆炸成功了！"周总理十分激动，但他还是用平静的语气问道："你们能不能肯定这是核爆炸呢？"现场顿时紧张起来，静得连一根针掉到地上都听得见。大家的目光都转向程开甲，他是技术专家。程开甲正紧皱着眉头，根据压力测量仪记录的数据进行推算。没过多久，他用力一挥手，坚定地说："是核爆炸，没错！"几小时后，防化兵进入爆心处，他们惊讶地发现那座用无缝钢管焊成的重80吨、高102米的铁塔，竟化为一堆细细的"面条"。现场情况证明了程开甲的结论是正确的。

在罗布泊的茫茫戈壁上，程开甲历任核武器试验研究所副所长、所长，核试验基地副司令，成功地决策、主持了包括我国首次原子弹试验、首次氢弹试验、首次两弹结合试验和首次地下核试验在内的各种类型核试验三十多次，基本上达到了周恩来总理提出的"稳妥可靠、万无一失"的要求。二十多年中，他带领科技人员利用历次核试验积累的数据，系统阐明了大气层核爆炸和地下核爆炸过程的物理现象及其产生、发展规律；

二十多年中，他带领团队解决了包括核试验场地选址、方案制定、场区内外安全以及工程施工等方面的一系列理论和技术难题。直到1984年，程开甲才离开核武器试验基地，任原国防科工委（中国人民解放军总装备部）科技委委员。

阅读启示

　　程开甲在自述中回答了他对自身价值和追求的看法："我的目标是一切为了祖国的需要，'人生的价值在于奉献'是我的信念。正因为这样的信念，我才能将全部精力用于我从事的科学研究和事业上。"穷尽毕生心血，一生隐姓埋名，只求为国铸盾。他的精神值得每一个人学习。

拓展延伸

　　面对一次次调整研究领域，程开甲在一篇文章中写道："回国后，我一次又一次地改变我的工作，一再从零开始创业，但我一直很愉快，因为这是祖国的需要。"他曾写下这样的话："科学技术研究，创新探索未知，坚韧不拔耕耘，勇于攀登高峰，无私奉献精神。"这段话既是他一生创新攻关的座右铭，也是他一生淡泊名利的自画像。

林俊德：最后一次心跳献给祖国的核盾功勋

在西安唐都医院的普通病房内，一位老人浑身插着各种医学仪器，正坐在电脑桌前，用微微抖动的双手紧握鼠标，紧张地忙碌着。他的老伴眼中噙满泪水，陪伴在侧，丝毫不敢打断他的工作。这位老人正是中国工程院院士、中国爆炸力学与核试验工程领域著名专家、原总装备部某试验训练基地研究员林俊德。

1938年，林俊德出生在福建省泉州市永春县介福乡紫美村。出生于贫困家庭的林俊德在学业上异常勤奋，

1956年，他获得助学金，考上了浙江大学。在浙江大学机械系读书的时候，林俊德和同学硬是在短短三周内就将液压马达研制了出来。这种不怕苦、不服输的精神，伴随着林俊德的一生。

新中国成立后，受外部敌对势力的威胁，中国开始进行核弹的研究制造。由于成绩优异、表现突出，林俊德被派到罗布泊秘密军事基地，担任该研发组的组长。

在第一次核爆试验之前，林俊德小组接到的任务是要在一年时间里研发出测量核爆炸冲击波的压力自记仪。这台仪器是核爆之后，记录核试验结果的关键性证据。当时西方国家在这方面有不少的研究资料，但对中国却是严防紧守。而此前国内在此领域毫无研究，因此，此任务可谓艰苦异常。

林俊德小组一没有资料，二没有设备，三没有技术，不过，没有任何事情能够难倒他们。没有资料就自己研究，没有设备就自己制造，没有技术就一点一点刻苦钻研。生活在大漠深处的他们，条件更是异常艰苦，窝窝头就水是家常便饭。水是沙漠中的地表水，又咸又涩。但埋头苦干的林俊德却一点都不觉得苦，他全身心地投入仪器的研制中，把吃饭睡觉的时间都拿来研发仪器，恨不得一天能有48个小时。那段时间，他每天都工作12个小时以上，而且几乎全年无休，过春节时都心心念念着没有研制完成的压力自记仪。凭着这股倔劲，林俊德带领研发小组研制出了中国第一台压力自计仪。正是这台中国人自己研发的仪器，在核爆中成为中国向世界证明中国实力的有力证据。

1964年10月16日15时，中国的第一颗原子弹在罗布泊爆炸成功。巨大的蘑菇云腾空而起，人群中爆发出巨大的欢呼声。而这时，林俊德正带领一群人穿着厚厚的防护服，携带测量核爆炸冲击波的压力自记仪，向着刚刚爆炸的中心逼近，他们的工作才刚刚开始。核爆现场总指挥张爱萍将军向周恩来总理打去电话，汇报了原子弹爆炸成功的消息。周总理十分谨慎，在电话中询问如何证明是核爆炸。现场的科学家用各种方法核对了从第一线拿到的数据，证实了这次爆炸是核爆炸，爆炸当量为2万吨。当天晚上9点，周恩来总理在人民大会堂向全国人民郑重宣布："中国第一颗原子弹爆炸成功！"

从1964年中国第一颗原子弹爆炸，到1996年最后一次地下核试验，在爆炸实验的第一线，林俊德从未缺席。在参与国防科技研发的五十多年时间里，林俊德在罗布泊的荒漠——马兰度过了自己的青春岁月。他无数次与危险擦身而过，只为更全面、更细致地记录下实验数据，为后来的研究提供更加有效的佐证。

后来，林俊德被确诊为胆管癌晚期。为了不影响工作，从入院开始，他就拒绝手术和化疗，而是选择吃中药调理。他反复请求自己的主治医生让他下床工作，完成课题。他十分清楚，他是在和死神赛跑，是在和死神抢时间，甚至在生命的最后10个小时里，他还在病房工作了75分钟。

2012年5月31日，林俊德与世长辞。根据他的遗愿，他的骨灰被埋在了马兰。他扎根大漠五十余年，奉献了自己的青春和热血，这里是他的第二个家乡。

阅读启示

林俊德说："我这辈子只做了一件事，就是核试验，我很满意。"他将有限的生命投入无限的科学事业中去，以一个无畏的战士形象，向大家诉说他为之奋斗的真理。

拓展延伸

2018年，经中央军委批准，增加"献身国防科技事业杰出科学家"林俊德为全军挂像英模。这位大漠将军，隐姓埋名五十二年，默默守卫在马兰，直到生命的最后一分钟。

于敏："中国氢弹之父"

他的人生，是与时间赛跑、守护国防安全的一生。他没在西方名校留过学，没喝过一滴"洋墨水"，却在中华人民共和国最艰难的岁月里，硬是在一张白纸上书写了中国人用世界最快速度独立研制出氢弹的神话！他就是"中国氢弹之父"于敏。

1926年，于敏出生于河北省宁河县芦台镇（今属天津市）。1944年，于敏考上了北京大学工学院，两年后，转入理学院物理系，并将自己的专业方向定为理论物理。1949年，于敏以物理系第一名的成绩毕业，随后成为物理学家张宗燧教授的研究生。1951年研究生毕业后，他被钱三强、彭桓武调入中科院近代物理研究所工作。当时，国内没人懂原子核理论，于敏几乎全靠自学，他很快掌握了原子核物理的发展情况和研究焦点。在研制核武器的权威物理学家中，于敏是唯一一个没有任何留学经历的，他也因此被亲切地称为"国产土专家一号"。

1961年，钱三强告诉于敏，让他作为副组长领导和参与中国氢弹技术的理论探索。从基础研究转向氢弹研究，对于敏个人而言，是很大的损失。于敏喜欢做基础研究，当时已经很有成绩，而核武器研究不仅任务重，还意味着必须放弃光明的学术前途，隐姓埋名，长年奔波。但他毫不犹豫地选择服从分配："我过去学的东西都可以抛掉，我一定要全力以赴搞出来！"从此直到1988年，于敏的名字和身份都是严格保密的，连妻子孙玉芹都不知道他从事的是什么工作。

从原子弹到氢弹，按照突破原理试验的时间比较，美国用了七年零三个月，英国用了四年零三个月，法国用了八年零六个月，苏联用了四年零三个月，用时较长的主要原因就在于计算的繁复。而当时中国仅有一台每秒万次的电子管计算机，而这台计算机95%的时间都分配给了有关原子弹的计算，只剩下5%的时间留给于敏负责的氢弹设计。于敏领导的工作组人手一把计算尺，没日没夜、废寝忘食地计算。四年中，于敏、黄祖洽等科技人员提出研究成果报告69篇，对氢弹的许多基本现象和规律有了深刻的认识。

1965年9月至12月，于敏带领科研团队完成了中国核武器研究史上著名的"百日会战"。在上海华东计算机研究所，于敏和科技人员利用一切时间计算和分析模型，他常常半跪在地上，紧紧盯着计算机吐出的纸带上的数据，生怕漏掉一点有用的信息。

终于，于敏发现了热核材料自持燃烧的关键，解决了氢弹原理方案的重要课题，并在氢弹研究中提出了从原理到构形基本完整的设想，打破了西方的垄断。1967年6月17日，中国第一颗氢弹爆炸成功，从第一颗原子弹爆炸到第一颗氢弹试验成功，中国的速度为世界之最，仅用了两年零八个月！

在研制核武器的过程中，于敏曾三次与死神擦肩而过。

1969年初，因奔波于北京和大西南之间，也由于沉重的精神压力和过度劳累，于敏的胃病日益加重。在首次地下核试验和大型空爆热试验时，他身体虚弱，头冒冷汗，脸色苍白，几近休克。大家见他这样，赶紧让他就地躺下，过了很长时间，他才慢慢地恢复过来。

1971年10月，考虑到于敏的贡献和身体状况，组织上特许他回京休息。一天深夜，于敏感到身体很不舒服，就喊醒了妻子。妻子见他气喘，赶紧扶他起来，不料于敏突然休克过去，经医生抢救方转危为安。出院后，于敏顾不上身体还未完全康复，又奔赴西北。

由于连年都处在极度疲劳之中，1973年，于敏在返回北京的列车上开始便血，回到北京后被立即送进医院检查。在急诊室输液时，于敏又一次休克在病床上。

▌阅读启示 ▌

于敏曾说："一个人的名字，早晚是要没有的。能把自己微薄的力量融进祖国的强盛之中，便足以自慰了。""国家需要我，我一定全力以赴。"这句誓言，他用一生来践行。

▌拓展延伸 ▌

于敏是"共和国勋章"获得者，长期领导并参与核武器的理论研究和设计。从20世纪70年代起，于敏在倡导、推动若干高科技项目研究中发挥了重要作用。

黄旭华：中国核潜艇研究设计先行者

　　他隐姓埋名三十年，从事核潜艇研制工作，只为让中国在世界上挺直腰杆。他就是"共和国勋章"获得者、中国第一代核潜艇总设计师——黄旭华。

　　1926年，黄旭华出生于广东省汕尾市海丰县一个乡医之家，是客家人。父母悬壶济世、仗义疏财，黄旭华受到他们的影响，自小立志继承衣钵做个医生。1937年，全面抗战爆发，黄旭华老家的学校相继停办，他只能到外地继续求学。但无论走到哪里，头顶总有日军的战斗机盘旋，轰炸也愈发频繁。一番颠沛流离后，年少的黄旭华明白了，想要生活安稳，首先国家要强大起来。于是他决定不学医了，要学制造比外国更厉害的飞机、大炮、军舰，什么能对付敌人就学什么。

之后，黄旭华就开始了日复一日的寒窗苦读。1945年，他以第一名的成绩考上国立交通大学造船系。参加工作后，黄旭华在外国专家的指导下，设计制造出了新中国第一艘扫雷艇和第一艘猎潜艇。

1958年，我国核潜艇工程正式立项，黄旭华被秘密召至北京。后来他回忆起当时的情形说："1958年春的一天，研究所通知我到北京开会，我什么都没带就去了。到了北京才知道，我们不回原单位了。"和黄旭华一样被通知到北京"开会"的共有29人，都是舰船方面的专门人才，他们成立了一个代号为"19"的研究所。核潜艇的建造属于国家机密，直到几天后，聂荣臻元帅亲自给大家开会，黄旭华才明白自己的任务是什么。当时全世界只有美国、苏联等发达国家拥有核潜艇，我国对核潜艇的可借鉴经验几乎为零。任务何其严峻，黄旭华毅然决然地接受了这个任务。

研究核潜艇得去海上，因为涉密和危险，需要远离人烟。黄旭华和一众科学家，在黄海和东海的中国海域分别选择了一个荒凉的无名小岛。为了保密，他们与外界不通邮，不通电话，偶尔会有经过伪装的民船靠岸送给养和信件。黄旭华的妻子李世英也被调到了北京，从此，他们一家人就从父母亲朋面前"消失"了，唯一的联系方式就是一个编号为145的内部信箱，而这一"消失"就是三十年。

生活条件艰苦还不是最难的，最难的是所有人根本没见过核潜艇，研发举步维艰。直到有人从国外带回两只儿童核潜艇玩具模型，团队才总算有了实物参数。通过拆解、计算、对比，他们发现玩具模型与他们搜集到的资料内容吻合，这让大家信心大增。核潜艇的研究要运用到许多复杂的数学演算，但当时国内没有先进的计算机技术，所有数据只能靠算盘和计算尺算出。在黄旭华的带领下，大家完成了一个几乎是不可能的任务：无数的数据，竟然都是科研人员们日夜不停、争分夺秒用算盘打出来的。工厂施工遇到技术问题，黄旭华经常半夜被电话叫醒。他立即穿上工作服，冒着零下二十几摄氏度的严寒，爬山50多分钟赶到工厂，找出技术故障，和工人一起干到天明。

在黄旭华和所有科技人员的共同努力下，1970年，中国第一艘鱼雷攻击型核潜艇成功下水试航。1974年8月1日，中国第一艘核潜艇被命名为"长征一号"，正式列入海军战斗序列。至此，中国成为世界上第五个拥有核潜艇的国家。1988年，新型号的核潜艇在交付海军使用之前，必须按照设计极限做深潜实验。年过六旬的黄旭华亲自登艇，现场指挥极限深潜，他说："我是总师，不仅仅要为这条艇负责，更要为艇上170个乘试人员的生命安全负责。"这一举动极大地鼓舞了军心。这次下潜300米的深潜试验成功后，黄旭华激动不已，即兴挥毫："花甲痴翁，志探龙宫，惊涛骇浪，乐在其中！"

阅读启示

"深潜"功名几十载，志探"龙宫"一痴翁。黄旭华一生都将自己的人生理想与国家命运结合在一起，他的人生正如深海中的潜艇，无声，但有无穷的力量。

拓展延伸

在为核潜艇奋斗的三十年里，黄旭华从没回过家，甚至父亲因病去世他都没能送一程。后来母亲终于从杂志上得知了他的身份，才明白黄旭华不是"不孝子"。自古忠孝难两全，黄旭华说："对国家的忠，就是对父母最大的孝。"

彭士禄：为国家"深潜"的核动力先驱

　　彭士禄是革命英烈彭湃之子，他的一生充满传奇色彩：年少时曾逃亡十年，当过乞丐，几次险些丧命……他也是我国核潜艇首任总设计师、中国核动力事业的开拓者和奠基人。从烈士遗孤到留苏青年，从核潜艇到核电站，他的心始终为祖国澎湃。

　　1925年，彭士禄在广东省汕尾市海丰县出生，他的父亲就是后来被称为"农民运动大王"的彭湃。彭士禄3岁时，母亲蔡素屏被军阀杀害；4岁时，时任中共中央农委书记的父亲在上海英勇就义。

在党组织的掩护下，失去双亲的彭士禄只能被暂时安顿在贫苦百姓家，只要一有风吹草动，就立刻被转移到其他老乡家里，每次转移时都要更名改姓。彭士禄的童年就这样在颠沛流离、东躲西藏中度过。他在回忆儿时的经历时写道："父母牺牲之后，是几十位母亲给了我爱抚，我虽姓'彭'，但心中永远姓'百家姓'。"

后几经辗转，彭士禄终于被周恩来派人找到，于1940年底进入延安青年干部学院学习。他特别珍惜这来之不易的机会，拼命补习科学文化知识。1943年，彭士禄进入延安自然科学院进修化学专业，成为科学技术干部储备人才。

1951年，彭士禄以优异的成绩通过考试，争取到去苏联留学的机会，在莫斯科化工机械学院继续学习。1956年，彭士禄以全优的成绩毕业。当时正值陈赓访苏，他秘密召见了彭士禄等一批留学生，问他们是否愿意放弃原来的专业，从零开始学习原子能核动力。彭士禄毫不犹豫地答应了："只要祖国需要，我当然愿意。"

随后两年，彭士禄废寝忘食地投入学习，只用较短的时间就学完了核动力专业的全部课程。1958年，彭士禄进修结束归国。中国核动力潜艇工程项目启动后，他被任命为核动力研究室负责人，立刻参与核潜艇研制项目。这个项目和研制原子弹一样，被列为国家最高级机密，所有参与人员必须隐姓埋名。就这样，直到1988年我国核潜艇运载火箭水下发射试验成功，彭士禄整整"消失"了三十年。

1959年，苏联以种种理由拒绝为我国核潜艇研制提供援助。毛主席当时就提出："核潜艇，一万年也要搞出来！"从1965年开始，八千军民陆续来到蛇虫遍野、荒草丛生的四川大山深处，为核潜艇事业拓荒。彭士禄也偕妻子儿女走进大山，他要带领同事们建起中国第一座潜用核动力装置陆上模式堆。

在工作中，同事们都喜欢称彭士禄为"彭拍板"，因为他敢于拍板。当时由于缺少权威资料，遇到棘手问题时，各个专家常常各执一词，谁也不服谁。彭士禄就对他们讲："做实验，用数据说话，最后，我来签字。对了，成就归大家；错了，我来负责。"在试验工作中，彭士禄只要有七成把握就敢拍板，另外三分风险再想办法避免。"研制核潜艇是从零开始的，事事都等到有十分把握再干，哪有可能？"

1970年7月25日，中国独立研制的第一座压水型反应堆建成，发出了来自中华大地的第一度核电，这颗核潜艇的心脏有力地跳动着。五个月后，中国第一艘攻击型核潜艇成功下水。

20世纪80年代，在我国改革开放初期，南方电力不足的短板暴露了出来，国家决定将核能应用到民用领域来支援经济建设。1983年，一声令下，彭士禄转入核电站建设，担任第一座中外合资核电站——广东大亚湾核电站筹建初期总指挥，确定了大亚湾核电站项目投资、进度、质量三大控制的重要性指标。1986年，彭士禄又被调任核电秦山二期联营公司董事长，负责秦山二期的筹建工作。尽管筹建之路举步维艰，但彭士禄终不负祖国和人民的期许。2004年5月3日，中国首座自主设计建设的大型商用核电站——秦山核电二期工程在钱塘江边拔地而起，成为彰显中国核电技术威力的重要见证。

阅读启示

彭士禄对自己的评价是："我这一辈子只做了两件事：一是造核潜艇，二是建核电站。"因为属牛，他非常敬仰"孺子牛"的犟劲与精神，不做则已，一做到底。热爱祖国、忠于祖国，为祖国的富强而献身，足矣！

拓展延伸

彭士禄在《中国工程院院士自述》中，用四点总结自己：其一，一家与百家；其二，主义与精神；其三，明白和糊涂；其四，拍板与改错。"一家与百家""主义与精神"，切实反映了彭士禄非同一般的童年生活以及经历磨难之后展现出的精神和气节。"明白与糊涂""拍板与改错"则展现出彭士禄对待生活、工作和研究的态度以及敢于担当的品格。2021年5月26日，彭士禄被中共中央宣传部追授为"时代楷模"。

王泽山：书写世界一流火炸药传奇的"火药王"

　　1935年，王泽山出生于吉林省吉林市，那时，东北三省已被日军占领，成立了伪满洲国。在日军的统治下，王泽山度过了十年灰暗的童年生活。小时候，王泽山甚至不知道自己是中国人，只知道自己是伪满洲国人。谈起这段屈辱的记忆，他痛惜道："那个时候，我连自己是中国人都不知道。""没有国家就没有我们。"要想不做奴隶被人欺侮，就必须富国强国，就必须有一个强大的国防！这一信念在王泽山幼小的心里发了芽。

火药是中国人引以为傲的四大发明之一，但近代以来，我国的火炸药技术却一直落后。1954年，王泽山考入哈尔滨军事工程学院炮兵工程系，选择了冷门的火炸药专业，是全班唯一主动选择火炸药专业的学生。他想，既然是国家设立的重要专业，就要有人去做。从此，国家的需要便成了王泽山毕生的追求。几十年来，他心无旁骛，致力于提升火炸药的性能，在火炸药这个"冷"学问、"冷"领域中，应对并攻克着一系列军工前沿的"热"难题。

新中国成立之初，国内火炸药的生产和研究都十分落后，主要依靠苏联援建。火炸药是武器能源的核心，高性能的火炸药是提升导弹、火箭、火炮等武器弹道性能的先决条件。王泽山深知，靠跟踪仿制别国，我们将永远被人制约。要想走在国际前列，必须依靠自身创新。

20世纪80年代，王泽山解决了废弃火炸药再利用的难题，开发了安全、绿色、资源化利用等多项关键技术，将这些具有很大安全隐患和环境风险的危险品变成了多种军用和民用产品。90年代，他又钻研起怎么降低武器对环境温度敏感性的问题，发明了低温感含能材料，提高了发射效率。

花甲之年的王泽山接着进行了提高新一代武器远射

程、高射速等火炸药的相关研究。射程是这一类武器的第一要素，研究意义很大。要提高火炮射程，通常的做法是延长炮管长度，或增加炮膛厚度以增大膛压，但不论哪种做法，都会造成火炮的不灵活。当时，美、英等多国科学家曾联合开展相关研究，但由于无法突破技术瓶颈，研究被迫中断。

面对这个国际难题，王泽山一钻研便是二十年。他吃饭想，睡觉想，白天想，晚上想，只要有精神，就在想。研究火炸药已经融入王泽山的日常生活，成了他终生的使命。

由于很多实验充满危险和挑战，所以必须在人烟稀少、条件艰苦的野外进行。无论严寒酷暑，王泽山都坚持深入一线，亲自参加实验。一次在内蒙古做实验，当时室外温度已达零下27摄氏度，就连做实验用的高速摄像机都因环境条件太恶劣而"罢工"。年近八十的王泽山和大家一样，在外面一待就是一整天。

经过了二十年的不懈坚持和不断创新实践，2016年，土泽山终于带领团队攻克了这一国际军械领域长期悬而未决的难题。实验证明，我国火炮在应用了他的技术后，射程能够提高20%以上，或最大发射过载有效降低25%以上，弹道性能全面超过其他国家的同类火炮。

王泽山认为："在科研上要做就做前人不敢想、想不到的事。"他一直相信，我们中国人一定有把握干好。从跟踪仿制到走向创新，再到最后占据制高点，王泽山用"以身相许火炸药学"的一生实践证明了我们不但有志气，更有能力实现强国梦。如今，耄耋之年的王泽山，依然在为国防科研事业奋斗着。

阅读启示

王泽山品德高尚、治学严谨、为人谦和、求真务实、无私奉献，至今仍以"一辈子做好一件事"的执着与坚韧，忘我工作在火炸药研究的第一线。他的精神境界和学术思想影响了几代火炸药科技工作者。

拓展延伸

王泽山以"强军兴国"为使命，一生瞄准"火炸药"的靶心；他播下"火种"，点燃"炸药"，在最冷门的专业中走出"火焰四射"的人生。他先后获得国家技术发明一等奖两次、国家科技进步一等奖一次，并荣获2017年度国家最高科学技术奖，有"三冠王"的美名。

钱七虎：一腔热血报效祖国的铸盾先锋

　　"八一勋章"，代表军人的最高荣誉。2022年7月，85岁高龄的钱七虎获得"八一勋章"。这位白发苍苍的老人，可是大国功臣。

　　钱七虎，1937年10月出生于江苏省昆山市，那一年淞沪会战爆发，日本侵略者占领上海，血腥的战争让离上海很近的昆山人民流离失所。钱七虎是母亲逃难途中在一艘小船上生下的，因在家中排行老七，取名为"七虎"。

钱七虎在残酷的战争中度过了苦涩的童年，新中国成立后，他依靠人民政府提供的助学金完成了高中学业。

1954年，17岁的钱七虎以优异的成绩考入当时中国的顶级军工学府——哈尔滨军事工程学院，并且服从安排，进入工程兵系，开始学习十分冷门的防护工程。哈军工所有的专业都是机密专业，其中有两个专业是绝密专业。刚开始，钱七虎并不知道自己所学的专业就是绝密专业，直到抗美援朝战争结束后，他去朝鲜参观了上甘岭战役的坑道，才对自己的专业有了更深的了解，知道所学专业的目标就是保护我们的部队不受炮弹轰炸打击。

新中国成立初期，现代化国防建设基本都是从零开始。哈军工的教材大都来自苏联，只教怎么防炮弹、炸弹，没有教怎么防核武器。后来，国家派钱七虎等人去苏联留学，学习防核武器的理论。

钱七虎惜时如命，在哈尔滨六年，他没有到过松花江，没有去看过美丽的融冰。留学期间，他更是切身体会到关键科技是讨要不来的，只能靠自己，所以要自立自强。在莫斯科留学的四年中，他将全部精力投入学习当中，去图书馆找书看书是他唯一的兴趣爱好。他甚至舍不得去一趟列宁墓，因为参观要排长队，他舍不得花时间。

当时，美苏冷战已经爆发，中国的外部环境急剧恶化，美国人几乎天天都在叫嚣着要用原子弹对中国进行核打击。从1954年进入哈军工，到1965年从苏联留学归来，钱七虎一直都在思考一个问题，那就是如何让我国在不首先使用核武器、不打第一枪的情况下，拥有可靠的二次核反击能力，为中国建设一条地下钢铁长城。为此，他把所有的精力投入这项伟大的事业，甚至把生命置之度外。

为了完成这些保密度极高的秘密工程，钱七虎只留下了一张写有"我有任务，走了"六个字的纸条，从此便与家人分隔两地，在长达十六年的时间里隐姓埋名。

正因为具有崇高的奉献精神、坚定的信念以及对祖国和人民的无限忠诚，在几十年的艰苦奋斗岁月中，他在国防建设和国民经济建设领域创造了一个又一个工程学奇迹，让中外学者都为之赞叹。

1992年12月，因建设珠海国际机场的需要，钱七虎主持了被誉为"亚洲第一爆"的炮台山爆破任务。这次爆破至今仍保持着世界最大条形装药工程爆破当量的纪录，也开辟了中国爆破技术新的应用领域。2010年5月，作为中国长江上隧道长度最长、盾构直径最大、工程难度最高的工程之一，南京长江隧道在历经五年建设后全线通车运营，担任专家委员会主任的钱七虎被授予"南京长江隧道工程建设一等功臣"的荣誉称号。科技强军永远在路上，钱七虎一生都保持着枕戈待旦的精神状态，活到老，学到老，革命到老。

在新中国的国防建设中，如果说功勋卓著的"两弹一星"元勋们打造的是锋利的矛，那么，以钱七虎为代表的中国防护工程人则为中国国防铸就了坚实的盾。可以说，中国能有今天安定的环境，钱七虎功不可没。

阅读启示

六十年如一日，钱七虎把一生的忠诚和智慧都献给了"顶住敌人来犯的风险和压力，保卫祖国的每一寸土地"这项伟大的事业。他矢志科技强军的精神，也将继续鼓舞后辈心怀忠贞报国之志，铸就和平之盾。

拓展延伸

钱七虎致力于防护工程和技术研究，建立了一系列防护体系，为中国防护工程发展做出开拓性、历史性贡献。除此之外，他的科研成果丰富，先后撰写了《防护结构计算原理》《迎接我国城市地下空间开发高潮》等诸多作品，获得了国家最高科学技术奖、国家科学技术进步奖等多个奖项。

刘永坦："雷达铁军"的奠基人

1936年，刘永坦出生于南京的一个知识分子家庭，父亲是工程师，母亲是教师，舅舅是大学教授。战火纷飞、颠沛流离，是他对童年最为深刻的记忆。回忆起苦难的童年，刘永坦曾道："我父亲说这些灾难的形成，就是我们国家太弱，所以受人欺负。父亲还对我们说，我们长大要改变这个局面。"幼时经历的家国危难和父亲的殷切嘱托，让刘永坦从小便在心中立下了以身报国的宏愿。

1958年，在哈尔滨工业大学和清华大学学习后，刘永坦成为哈工大的一名青年教师。1979年，他被公派至英国伯明翰大学留学，主要从事信号处理研究工作。也就是从那时候起，刘永坦对雷达有了全新的认识。传统的雷达虽然号称"千里眼"，但地平线之外的地方都是传统微波雷达的盲区，因此，世界上少数西方大国开始研究新体制雷达。

1981年，刘永坦学成归国。次年，中国签署了《联合国海洋法公约》。此公约规定，领海基线起算不超过200海里（370.4公里）的海域，为专属经济区。在这一区域内，沿海国对其自然资源享有主权权利和其他管辖权。然而，当时国内的技术水平根本监测不了200海里范围内的情况，无法对专属经济区进行管控。于是，意识到这个重大需求的刘永坦，前瞻性地瞄准了"开创中国的新体制雷达"这个目标。

但是，当时全球范围内的新体制雷达研究也刚刚起步，既没有可供参考的资料，也没有可供借鉴的技术。有的人认为刘永坦是为了出风头，有的人认为这个事很难做成，即使做成也需要很长时间。然而，面对一片质疑，刘永坦并没有动摇，因为在他的心里，国家的战略需求就是他不懈前进的动力。于是，在国家的支持下，刘永坦组织的六人团队仅用十个月的时间，就拿出了20多万字的预演方案。经过数千次实验，获取了数万个测试数据，"新体制雷达关键技术及方案论证"项目终于取得了重大进展。

1986年，刘永坦开始主持新体制雷达研究，建设新体制雷达实验站。然而，实验室条件下的研究成果，一到实际应用场景中就状况频出，因为海杂波的信号比探测目标的信号强度高出成千上万倍，雷达根本分辨不出茫茫大海上哪个才是真正的目标，这让刘永坦和团队倍感压力。在经历了无数个不眠之夜后，1990年4月3日，探测目标终于在新体制雷达的屏幕上出现，历时八年多的项目终于取得了成功。

1997年，刘永坦决定牵头研制实用型的新体制雷达。对新体制雷达的研究就已耗时八年多，他心里十分清楚，接下来新体制雷达的应用研究要面临更大的困难。刘永坦说："虽然这个项目在理论上比较完善，建立了实验站，也拿到了国家奖励，但是距离真正把它做成一个完善的雷达站，还有相当的距离。"一个一个研究，一次一次排除，十几年来，刘永坦和团队在解决强大的电磁干扰中逐渐成长。2011年，具有全天时、全天候、远距离探测能力的新体制雷达研制成功，这标志着我国对海远距离探测技术取得重大突破。

四十多年来，刘永坦致力于新体制雷达研究，建成我国第一个新体制雷达实验站，研制成功我国第一台新体制对海远程探测雷达，在我国边疆筑起了"海防长城"，实现了我国对海探测能力的跨越式发展。

阅读启示

耄耋之年的刘永坦仍奔波在教学、科研一线。投身教育事业六十余年，他始终有一种强烈的使命感："新体制雷达还有很多的工作要完成，国家对创新人才的需求还很迫切，我一刻也不能懈怠。"不以困难为断点，不以成就为终点，这种精神对后辈来说是激励，更是向导。

拓展延伸

F22隐形战斗机是美国最先进的武器之一，其机身雷达的反射面积仅0.01平方米，跟一只飞鸟相差无几。该战斗机可将传统雷达的探测距离压缩到10—20千米，一旦发生战争，F22将是所有国家的噩梦。在很长一段时间里，各国科学家都对其束手无策，直到刘永坦带队研发出了新体制雷达，才成功扒掉了隐形战斗机的外衣，让美军战机在我国的雷达下无处遁形。因此，人们常笑称他是"五角大楼最怕的男人"。

谭清泉：导弹发射场上的"定海神针"

　　从战士到干部，从普通操作号手到火箭军导弹专家，他牵头研制模拟训练装备80多（台）件，破解技术难题200多个，有4项科研成果获得军队科技进步奖；编写专业教材28本，培养了大批技术人才；执行过多次实弹发射任务，排除过140多起装备故障。他在执行实弹发射任务时零差错、零疏漏，被称作导弹发射场上的"定海神针"。他就是火箭军某旅技术室高级工程师谭清泉。

1976年，谭清泉放弃了当乡干部和到工农兵大学深造的机会，毅然选择从军报国。数十年来，他与导弹为伍，与深山做伴，平均每年有160多天坚守在导弹阵地上。但他从不言苦，从不说累，毫不退缩，毫无怨言。谁能想到，已经两次申请延迟退休的他，早在2011年便被查出患有肺癌，切除了一叶肺。可即便如此，放不下工作的他，在做完手术后不到4个月就回到了工作岗位。面对生死，谭清泉坦然说道："当兵就意味着牺牲奉献，军人就要不怕死，我即使明天就倒下，也要倒在阵地上，埋在导弹旁。"

多年来，在导弹实战化建设的第一线，他坚持操作训练亲自把关，大项任务冲锋在前。在一次某型导弹的实弹发射中，就在临发射前，号手突然报告一个瞄准参数达到临界值，很多人担心会打偏。打还是不打？所有人都不敢轻易拍板。谭清泉检查了瞄准操作号手的瞄准精度，从光学仪器上看非常精准。经过分析判断，他确定没有问题，得出这是系统误判的结论。于是，导弹准时升空，成功发射，并创下了该型导弹发射史上的多项纪录。

又一次，某新型导弹改变状态后，在西北大漠首次发射。在距离导弹发射还有最后一小时时，狂风突然席卷而至，被风卷起的沙石打在弹体上，发出清脆的声响。战士们在重达40吨的吊车内，甚至能明显感受到车身的颤动。

此时的气象条件已接近战时标准所规定的风速极限，面对极端恶劣的天气和前所未有的险情，是撤退还是坚持？一方面，该型号导弹系统庞大、技术复杂，稍有不慎，后果难测；另一方面，能早一天完成首射任务，这种大国利器便能早一日装备部队。

艰难抉择之际，谭清泉再次挺身而出，迅速做出判断。一是他对武器装备有信心，认为能够承受这个极限；二是当时的风速只是接近战时标准的上限，并没有超过标准。因此，他认为发射虽然有一定的风险，但仍能进行。于是，谭清泉大步走向指挥号位，果断调整装填方案，准备发射。这次极具挑战的发射，不仅创造了该型导弹在恶劣气象条件下的发射纪录，也为该型导弹完善装备性能收获了上百项重要数据。

2016年，谭清泉达到了最高服役年限，是退休调养身体，还是继续坚守岗位？在战略导弹部队由"兵"变"军"的历史节点上，谭清泉毫不犹豫选择了后者，决定继续留在部队服役3年。他瞒着家人，向部队递交了延迟退休的申请。2019年底，谭清泉服役期满，可部队正处在战斗力升级的关键时刻，于是，他又一次申请留在了部队。

一直以来，不论自身的军衔高低，不论身体健康与否，他对待工作的干劲从未减少，常常在阵地一待就是七八天，恨不得把全身的本领、所有的经验都传授给技术骨干，这让后辈战友们既感动又心疼。如今，谭清泉已带出一批年轻的"导弹尖兵"。凭借着强大的技术支撑，近年来他所在的导弹旅在"红蓝对抗"中取得全优的成绩，实弹发射次次成功。他曾说："生命的精彩不在于地位高低、时间长短，而在于把每一天过得有价值有意义。"

阅读启示

谭清泉毕业于第二炮兵技术学院（今火箭军工程大学），此后荣立二等功两次、三等功六次。谭清泉坚守深山四十多年，正如其名，他像大山里的汩汩清泉，在青山绿水间书写着一曲动人的砺剑之歌。他以实际行动践行了一名优秀科技工作者的坚守与初心。

拓展延伸

"宁可让生命透支，也不让使命欠账"是谭清泉的座右铭，他就是这样一个用生命守护导弹的人。身患癌症后，他说："生理上的肺切除了，精神上的肺不能再失去。"

王忠心：赤胆忠心的"导弹兵王"

从一个只有初中文化的农村小伙，成长为闻名全军的"导弹兵王"，王忠心的军旅人生处处充满传奇。作为"八一勋章"获得者中唯一的一名上兵，他用奋斗书写了充满传奇色彩的三十四年军旅生涯。

1968年，王忠心出生于安徽农村的一个贫困家庭，18岁才念完初中。因为不甘心在田地里平凡一生，在父亲的支持下，他应征入伍，想在部队干出一番成绩。

王忠心的学历，成了他前进路上最大的绊脚石。

从入伍的第一天起，他便坚定了一个信念：技术就是士兵的看家本领，任何事情都要做到最好。求思进取的王忠心在来到部队的第二年，就开始准备报考第二炮兵士官学校，但他只有初中文凭，这意味着他已在起跑线上落后于旁人。但王忠心坚信勤能补拙，他在紧张的训练中，挤出吃饭睡觉的时间学习备考，每天起早贪黑、加班加点，终于凭借自己的毅力和努力如愿考上。

在校期间，王忠心刻苦学习导弹专业理论和导弹实践操作，翻烂了二十多本教材，仅一个电缆插拔的动作就练习了上千次。毕业后，王忠心服从分配，来到了导弹测控岗位。凭借着深厚的理论知识功底，他轻松通过了超过二十个科目的考核，担任测控班长。在日复一日的训练中，王忠心熟练掌握了导弹的操作规程，并将十几米长的电路图纸默化于心，将导弹检测中的上万个测试数据熟记于心，成为导弹测控的"活电路""最强大脑"。

1999年，服役期满的王忠心服从规定，解甲归田。当时正逢士官制度改革，服役年限被提高到了三十年。这时，王忠心退役前所在的部队又新增了一批装备，由于迅速攻关新装备技术要领的需要，王忠心重回部队。凭借娴熟的测控技术，他再一次成为部队中的头号导弹测控专家。

王忠心有一个绝活——测控专业的一张中等难度

的电路图，密布几万个电路、气路等节点，相当于一座中等城市的地下管网，这种图他能背下八大张。王忠心说："只要这身军装穿在身，我就永不懈怠，当好一辈子兵，一辈子当精兵。"

2015年底，王忠心所在的"二炮"因为编制体制改革，旅内的测控骨干被抽调走一半。2016年，服役期满三十年的王忠心到了该退休的时候，但上级希望他能留下来培养部队测控技术新骨干。作为单位的核心精英，在组织需要的时候，他选择继续留下来帮助单位度过这一段换血的过渡期，并倾尽所有、毫无保留地为部队培养人才。他梳理技能要点，并结合多年的工作经验，将每套导弹装备的专业术语转换成官兵熟悉的语言，并参与编写修订了《导弹概述》《综合测试设备》等二十余本教材教案，这些教材教案成为培养精兵、传承"剑术"的"剑谱"。多年来，王忠心培养出二百多名技术骨干，其中四十多人进入火箭军各级技术尖子人才库；他带过的兵有十二人当了干部、七人走上旅团领导岗位。

从军三十四年，他从年轻士兵变成老班长，从门外汉变成"导弹兵王"。他经历了军队建设的三次跨越式发展和部队武器装备的两次换型，熟练操作三种型号的导弹，精通十九个导弹测控岗位，执行重大任务三十余次，参与排除技术故障二百多起，参加导弹实装操作一千五百余次，没有下错过一个口令、连错过一根电缆、报错过一个信号。

2020年，王忠心光荣退休。退伍不褪色，他始终没有忘记为人民服务的初心使命。回到故乡安徽省休宁县后，他加入了退役军人事务局创建的"兵王工作室"，为更多退役军人、困难老兵服务。

阅读启示

2017年，习近平主席亲自为王忠心颁授中国军队最高荣誉"八一勋章"。在发表"八一勋章"获奖感言时，王忠心说道："我永远是党和人民的一个兵。退役不褪色，永远忠于党，我会铆在新的阵地上继续奋斗，不辜负党、不辜负人民。"王忠心把责任扛在肩上，把事业装进胸膛，用实际行动践行了当一个好兵、一个精兵的承诺。

拓展延伸

2020年，王忠心终究还是成了"流水的兵"，告别了他恋恋不舍的"铁打的军营"。退休仪式上，他敬上最后一个军礼，坚定地说道："如果部队有需要，我随时听从召唤。"

马伟明："中国电磁弹射之父"

　　2022年6月17日，我国自主研制的新型航空母舰"中国人民解放军海军福建舰"正式下水，吸引了全世界的关注。它采用了世界上最先进的起飞技术——电磁弹射技术，这项技术正是马伟明少将团队研制的。

　　1978年，18岁的马伟明阴差阳错地考进海军工程大学。他的第一志愿并不是军校，因为选择服从调剂，他成为海军工程大学船舶电气工程专业的一名学生，从此与"电"结下了深深的缘分。毕业三年后，他回到母校攻读研究生，在参加研究生面试时，他的导师张盖凡教授给他出的第一道考题是："研究生毕业后三条道——当官、发财、做学问，你选哪一条？"马伟明的回答是："终身做学问。"他面容青涩，眼神中满是坚定。张教授对他刮目相看，直接将他招到自己门下。事实证明，张教授没有看错人。

20世纪90年代，为了研制新型常规潜艇，我国需要进口高效能的十二相整流发电机系统。马伟明发现该系统存在"固有震荡"问题，于是与外商进行沟通，希望他们能够对发电机进行技术改进。然而，外商对这个问题却置若罔闻，认为他们的产品没有问题。如果采购这样的发电机，不仅发挥不了作用，还有可能造成损失。怎么办呢？无奈之下，马伟明只能带队自主研发。可是当年的经费有限，实验条件也跟不上，他们只能用仅有的3.5万元科研经费，在一个洗脸间改造的实验室里做实验。历经六年，在分析了数十万组数据，进行了无数次试验后，他们终于从根本上解决了"固有震荡"这个世界性的难题。看到马伟明团队的科研成果，外商们对中国的科研工作者刮目相看，有意思的是，他们竟开始购买中国的产品。

2000年，上级准备提拔一人当海军工程大学的副校长，马伟明便是候选人之一。在与马伟明谈话时，他却说："我这个人喜欢做学问，行政管理公务太多，我没有时间。"有人算过一笔账，一年三百六十五天，马伟明没有双休日，没有寒暑假，基本上是"五加二""白加黑"，天天在搞科研，一年的工作量顶别人三年的。他每天在实验室工作十几个小时，一天只睡几个小时的觉。学校让他休养身体，马伟明却说："如果我现在不拼命，国家选我这个最年轻的院士又有什么意义？"

在马伟明院士的诸多科研攻关成果中，最大的一个就是在电磁弹射技术上取得重大突破。电磁弹射技术是航母的一个核心技术，在这种技术出现之前，航母上使用的是蒸汽弹射技术，它的缺点是弹射器体积大、能耗高、污染严重，维护保养工作也十分困难，每次至少需要五百人进行维护保养。而电磁弹射器则体积小、能耗少，仅需要二百人维护保养即可。

美国是世界上第一个拥有电磁弹射技术的国家，美国的科学工作者用了二十一年才将电磁弹射技术在"福特号"航母上成功应用。电磁弹射的原理是用电磁的能量来推动被弹射物体，它的优点是不需要使用大量的燃料和电能，利用物质本身的电离子就能产生强大的能量供给，这在节约能源、降低污染方面意义重大。这项技术让马伟明心动不已，他也想成立课题组来研发中国的电磁弹射器。但当马伟明提出自己的想法时，立即遭到了大多数人的反对，他们说马伟明是异想天开，因为此时的中国连蒸汽弹射器都还未研发成功，怎么可能越过一代产品，直接研发电磁弹射器呢？同行们的质疑并没有打消马伟明研发的念头，他主动承担风险、排除万难，带领团队仅用十年时间，就掌握了世界最尖端的技术，让我国成为世界上第二个拥有电磁弹射技术的国家，他本人也被誉为"中国电磁弹射之父"。

在攻克了电磁弹射技术这个难题之后，马伟明又带领团队攻克了长期困扰舰载技术的另一项难题——中压直流综合电力系统。该技术不仅可以提高海军舰艇的航程，还可以为舰艇提供强大的电力支持。这项技术的成功研发，至少领先了美国十年。正是马伟明超越常人的想法、执着和坚定的信念，才使中国拥有了航母最先进的核心技术。

阅读启示

马伟明像一匹驾辕拉套、志在千里的骏马，只要看准了方向，一定会百折不挠地全速前进。正是凭借着这股劲头，他带领团队取得了一项又一项原创性成果，在与西方国家科研创新的赛场上"弯道超车"，实现了从"跟跑者""并跑者"到"领跑者"的角色蜕变。

拓展延伸

2003年，张盖凡教授去世，马伟明牵头集资，在海军工程大学实验楼前为恩师塑了一尊铜像。铜像落成的那天，马伟明第一次号啕大哭。他的"迂腐"，以及他对于"做学问"与"当官"的选择，只有恩师张盖凡明白。马伟明感到自己没有辜负当年对恩师许下的承诺。

黄大年：中国航空地球物理引领者

　　黄大年出生于一个知识分子家庭。1966年，8岁的他随家人一起到桂东南的一个山村进行劳动改造。即便劳动了一天，他的父母也会指导他做功课，因此他的成绩在班里一直名列前茅。由于当时取消了高考，他在高中毕业后就参加了工作。1975年，黄大年通过招考进入广西第六地质队，被分配到了航空物探操作员的岗位上。正是这份工作，激发了黄大年对航空地球物理学的兴趣，为其日后的科学事业播下了梦想的种子。

心怀梦想，无问西东

1977年，国家恢复高考，黄大年考入长春地质学院（1996年更名为长春科技大学，2000年并入吉林大学）应用地球物理系。硕士毕业那年，黄大年以出色的成绩留校任教，并在任教期间加入了中国共产党。1992年，黄大年获得了全国仅有30个的公派出国名额，并在"中英友好奖学金项目"的全额资助下，赴英国利兹大学攻读博士学位。四年后，他以专业第一的成绩顺利毕业。回国后不久，黄大年又于当年被派往英国，继续从事针对水下隐伏目标和深水油气的高精度探测技术研究工作。

此时的他已经是世界航空地球物理研究领域的引领者，并开始从事海洋和航空快速移动平台高精度地球微重力和磁力场探测技术的工作。他需要在英国剑桥ARKeX航空地球物理公司开展研究，以更好地掌握这项世界最前沿的技术，但只有加入英国国籍才能够从事这一工作。于是，由于工作需要，他加入了英国国籍，并因此失去了中国共产党党籍。黄大年在英国潜心学习当时世界上最先进的航空物理技术，以准备随时报效祖国。

2008年，我国开始实施海外高层次人才引进计划。黄大年得知这一消息后，毅然放弃了英国的优厚待遇，并迅速卖掉了自己在英国的别墅以及妻子经营的两家诊所，在2009年的平安夜踏上了回国的路。

在国家需要的时候，黄大年为祖国带回了世界上最先进的航空地球物理学技术。这项技术不仅能用于资源勘探，还能应用于军事——将这项技术应用到卫星、飞机、舰船上后，就相当于装上了拥有透视能力的千里眼，地下数公里、水下数百米的地方都能被探测到，并且能够详细探测出该物体的结构。他所研究的技术，让军事演习的美军航母编队后退100海里（185.2公里）。美国媒体在报道他时，将他与钱学森进行比较。

回国后，黄大年回到了自己的母校吉林大学任教。他曾说："作为一个中国人，国外的事业再成功，也代表不了祖国的强大。只有在祖国把同样的事做成了，才是最大的满足。"于是，在英国下班后不谈工作、游泳健身的他，回国后变成了不下班的工作狂魔——每晚两三点睡，没有周末，一天只休息五个小时。他用五年的时间帮国家走完了西方国家二十年走完的路，更让国家在航空地球物理研究领域一直处于世界领先位置。然而高强度的工作节奏，使得他的身体过早透支。2017年1月8日，黄大年倒在了他的工作岗位上。他把所有的心血和爱献给了祖国，献给了事业，献给了他的学生，却唯独没有他自己。

阅读启示

黄大年曾说："我一点都不想等到叶落了才归根，我想把我的所学交付给祖国。我和祖国从来没有分开过，只要祖国需要，我就义无反顾。"他心有大我、至诚报国的爱国情怀，教书育人、敢为人先的敬业精神，淡泊名利、甘于奉献的高尚情操值得每一个人学习。

拓展延伸

在吉林大学档案馆，黄大年的入党申请书至今仍让人感慨："人的生命相对历史的长河不过是短暂的一现，随波逐流只能是枉自一生，若能做一朵小小的浪花奔腾，呼啸加入献身者的滚滚洪流中推动历史向前发展，我觉得这才是一生中最值得骄傲和自豪的事情。"

王大珩：光学事业领路者

　　从出国留学到返回祖国，他心怀热忱、初衷不改；他研制出我国第一台红宝石激光器、第一台航天相机、第一台大型光测设备；他将毕生精力献给了国家的光学事业，又从国家战略层面指挥布局了"863计划"，是当之无愧的科学领军人物。他就是被誉为"中国光学之父"的王大珩。

　　王大珩的父亲王应伟是天文气象学家，也是中国天文学会的创始人之一，曾留学日本。王大珩取得的成就，与父亲的教育以及良好的家风有着很大关系。王应伟十分重视子女教育，主张因材施教，他常对王大珩说："学子最忌骄躁二字，骄则浮华不实，躁则浅尝辄止。"在父亲的教育下，王大珩养成了踏实进取的品格。初中毕业时，他已经学完了高中数学的全部内容，初中与高中阶段，他的数学成绩几乎都是满分。

1938年，从清华大学物理系毕业的王大珩考取了留英公费生，赴英国伦敦帝国理工学院攻读应用光学。那时正处于二战时期，敏锐的王大珩发现，很多新式武器上面都用了一种光学玻璃。他想，如果能制造出这样的光学仪器和武器，中国就不会处处受制于人。从那时起，王大珩决定钻研光学玻璃的奥秘。随后，他转入谢菲尔德大学，在著名玻璃学家特纳教授的指导下进行有关光学玻璃的研究。随着战争愈演愈烈，提供军工用品的光学玻璃厂求贤若渴，王大珩干脆放弃了博士学位，去了伯明翰昌司玻璃公司，专攻光学玻璃制造工艺技术。凭借聪明才智和刻苦努力，王大珩研制出了V-棱镜精密折射率测定装置，并在英国制成商品仪器。凭借这项发明，他获得英国科学仪器协会"第一届青年仪器发展奖（Bowen奖）"。

1948年5月，王大珩登上回国的客船。他给祖国带回的礼物，除了光学玻璃的"配方"，还有他的所有专利和发明，中国的光学事业由此翻开了崭新的一页。

　　1951年，王大珩进入中国科学院仪器筹备馆（长春光学精密机械研究所）工作，开拓中国的光学事业。他开始搭建团队，做研究、搞发明、培养人才，取得了一个又一个硕果。该所在他的领导下，发展成为中国应用光学研究及光学仪器制造的重要科研基地。在不到六年的时间里，王大珩带领团队相继成功研制出了当时属于高级精密光学仪器的"八大件"，闻名于全国科技界。它们是一秒精度大地测量经纬仪、一微米精度万能工具显微镜、大型石英摄谱仪、中型电子显微镜、中子晶体谱仪、地形测量用多臂航摄投影仪、红外夜视仪以及系列有色光学玻璃。这些是王大珩创办仪器馆以来花费大量心血的结晶。

　　从20世纪60年代开始，王大珩将主攻方向转为国防光学技术及工程领域，先后在红外和微光夜视、核爆与靶场光测设备、高空与空间侦察摄影、空间光学测试等诸多领域做出了重要贡献。在第一颗原子弹爆炸试验之前，光测设备尚无着落，王大珩提出改装已进口的设备以满足核爆测试要求的紧急措施。在他的指导下，改装后的普通高速摄影机能在不改变焦距的情况下扩大视场四倍，取得了丰富的科学数据。

　　1983年，王大珩离开他工作了三十余年的长春光机所，前往北京工作。从此，他的目光不仅关注他一手开创的光学事业，更投向整个中国科技的发展。此时，中国改革开放不久，在高科技发展方面与世界差距很大，必须迎头赶上。面对这样的情况，他与其他科学家一起提出了把中国推到世界高科技竞争起跑线上的"863计划"。此计划选择了生物技术、航天技术、信息技术、激光技术、自动化技术、能源技术和新材料领域作为我国高技术研究与开发的重点，并具体化为15个主题项目。"863计划"一直实施到2016年国家重点研发计划出台，无论是在经济收益还是在科技人才培养方面都取得了很大的成果。

阅读启示

王大珩时刻胸怀祖国和人民，他心里装着的不仅有光学，还有整个国家科技事业的发展。他的研究成果和精神财富像一道光，照亮了东方。

拓展延伸

1996年，王大珩出资设立了"中国光学学会科技奖"。2000年3月31日，中国光学学会常务理事会决定，将该奖的名称改为"王大珩光学奖"，并通过了中国科技部的批准。该奖项分为中青年科技人员光学奖和高校学生光学奖，是我国光学领域的重量级社会奖项。

谢希德："中国半导体之母"

　　芯片关系到国家的竞争力和信息安全，芯片之争的背后是半导体技术之争。事实上，中国的半导体技术研究，起步时并没有大幅落后于世界进程。早在1956年，一位女物理学家谢希德，就为我国半导体物理的理论研究撑起了半边天。

　　谢希德一生饱经磨难，常与疾病相伴，少时患上股关节结核病，腿脚留下了终身不愈的残疾，38岁时做了肾切除手术，46岁时又患上乳腺癌。但她从不向命运低头，她有学者的智慧、胆识，有赤子的拳拳爱国之心，更有女性的坚忍、顽强。

谢希德出生于福建泉州的一个知识分子家庭，她的父亲谢玉铭与杨振宁的父亲曾同在美国留学，是中国物理学的先驱之一。从小，父亲就常对谢希德说："中国需要科学。"这句话潜移默化地影响了她。在学生时代，谢希德就以"学习认真，钻研精神特别足"而著称。中学毕业后，谢希德患上了股关节结核，只能选择休学。她顽强地与病魔抗争，终于在四年后考入厦门大学。

1946年，谢希德完成了在厦门大学数理系四年的学业，赴美国史密斯学院留学并获得硕士学位，随后又赴麻省理工学院攻读理论物理专业的博士学位。1949年，新中国成立的喜讯像划破苍穹的闪电，令大洋彼岸的谢希德倍感振奋。那个年代，美国政府对留美的理工科中国学生回国横加阻挠，归心似箭的谢希德和她在英国留学的伴侣曹天钦历经种种困难，终于在英国生物化学家李约瑟的帮助下，于1952年10月抵达上海。推动祖国半导体学科发展，就是当年谢希德回国的最大动力。

回国后，谢希德进入复旦大学物理系任教授。从此，讲台上多了一位身材矮小却不知疲倦的青年女教师，校园里也多了一个步履蹒跚的女子。她走路时虽一瘸一顿，步伐却坚定有力。在短短几年时间里，她任劳任怨，先后开设了光学、力学、理论力学、固体物理、量子力学等课程，她严肃认真的教学态度和诲人不倦的教育精神，给学生们留下了深刻的印象。

1956年5月，谢希德加入了中国共产党。为了实现国家十二年科学发展规划，她被调往北京大学，参与创办我国第一个半导体物理专门化培训班，北大物理系教授黄昆任教研组主任，谢希德任副主任。她忍痛将五个月大的儿子托付给丈夫，而后像个出征的战士，踏上了北去的列车。

两年后，谢希德和黄昆合作出版了我国第一部全面论述半导体的科学论著《半导体物理学》，同时诞生的还有中国第一枚单晶硅、第一块半导体材料、第一只晶体管，中国的半导体事业奇迹般地开始遍地生花。更为重要的是，两年时间里，培训班按时开设了一系列从理论到实验的课程，比较系统地培养出了300多名我国第一批半导体专业人才，他们在日后分别成为两院院士、大学教授和企业工程师，在科研和生产一线将半导体科学薪火相传，谢希德也因此被誉为"中国半导体之母"。

1962年，谢希德与黄昆联名建议在我国开展固体能谱研究。就在开展研究的这段时间，谢希德被诊断出乳腺癌，但她并没有停止思考和开拓新领域。1992年，她与黄昆组成筹备班子，把半导体物理领域最具权威性的国际会议"请"到中国，这个历来由欧美唱主角的国际会议首次在亚洲发展中国家召开。

2000年3月4日，在距离79岁生日还有半个月时，谢希德离开了她深爱的科学与教育事业。在追悼会上，前来吊唁的人站满了殡仪馆的院子。

斯人已远去，但谢希德的一生给无数人留下了不可磨灭的印象。她把人生的每分每秒，都用来为教育科研事业、为人民、为社会工作。

阅读启示

回顾谢希德的一生，她犹如一位不知疲倦的"斗士"，置满身病痛而不顾，为中国科研、教育事业奋斗数十载。在她的身上，始终有一种不忘初心、矢志报国、拼搏奋斗、不屈不挠的力量。

拓展延伸

1983年，62岁的谢希德被选为复旦大学校长，成为新中国第一位女大学校长。她勇于创新、大胆开拓，为复旦大学的发展做出了极大的贡献，和前任校长苏步青接连开创了复旦辉煌的"苏谢时代"。

闵恩泽：工业催化技术的创新开拓者

　　催化剂是一种在化学反应中提高反应物的化学反应速率的物质。据统计，约有90%以上的工业过程使用催化剂，如化工、石化、生化、环保等。闵恩泽就是研究催化剂的专家，他获得2007年度国家最高科学技术奖，被评为感动中国2007年度人物。2011年，一颗小行星被永久命名为"闵恩泽星"。爱国对闵恩泽来说，从来不是一个空洞的词汇，而是他为祖国忘我工作的不竭动力。

　　1924年，闵恩泽出生在四川省成都市红照壁街的一座院落里，他家的中堂挂着一副对联："忠厚传家远，诗书继世长。"遵此家训，闵恩泽自幼酷爱读书，为人忠厚。

　　少年时期的闵恩泽生活在一个战乱的年代，日寇侵华使他深深体会到落后给中华民族带来的沉重灾难，他也意识到，作为学生，只有认真努力学习才是最爱国的表现。

　　1942年，闵恩泽以优异的成绩进入国立中央大学化学工程系学习。毕业后他赴美留学，1951年获得美国俄亥俄州立大学博士学位。受朝鲜战争的影响，当时的美国政府不允许学理工农医的中国留学生离境，闵恩泽和妻子陆婉珍回国不得，只能先找工作留下来。闵恩泽进入美国芝加哥纳尔科化学公司工作，担任高级工程师。在纳尔科的四年，他在实践中获得了宝贵的工业开发经验，生活也很优裕，但他始终认为自己的根在中国，他要回来报效祖国。

　　1955年，闵恩泽夫妇终于返回故乡。回国后，他进入石油工业部北京石油炼制研究所工作，从此开始了发展中国炼油工业和研制催化剂的人生历程。

　　石油是工业的血液，但石油必须经过炼化才能使用。那时的中国在炼油技术上几乎一片空白，炼油厂也都由苏联援建。1964年初，苏联停止对我国供应小球硅铝裂化催化剂，这是一种用于生产航空汽油的催化剂，如果没有航空汽油，飞机就上不了天。当时，我们库存的这种催化剂只够用半年。闵恩泽临危受命，被任命为技术负责人，国家也调拨了大批科研人员联合攻关。他带领科研人员吃住在工厂车间，通常在凌晨一点的时候，大家才能抽空一起坐下来开个会。经过三个多月夜以继日的艰苦奋战，他们终于试生产出我国的小球硅铝裂化催化剂，及时保证了我国航空汽油的生产。同时，通过技术创新，小球的完整率达到92%，超过了进口催化剂86%的水平。

1956年至1966年，闵恩泽历尽艰辛，打破其他国家的封锁，成功研发了铂重整催化剂、磷酸硅藻土叠合催化剂、小球硅铝裂化催化剂和微球硅铝裂化催化剂的生产技术，组织建成了兰州、长岭、抚顺、锦州等催化剂厂和车间，化解了国防之急、炼油之急。20世纪60年代，中国跃升为能够生产各种炼油催化剂的少数国家之一。在此期间，由于肺癌，闵恩泽被切除了右肺下部的两片肺叶，取掉了一根肋骨。

20世纪80年代初，我国石油炼制催化剂已赶上世界先进水平，并开始与国外催化剂在国内市场上竞争。闵恩泽在石油化工科学研究院筹建了基础研究部，主持了新型分子筛、非晶态合金等新催化材料及磁稳定流化床、悬浮催化蒸馏等新反应工程的导向性基础研究，中国的催化剂逐渐超过国外水准。

2000年，中国石化耗资60亿元引进的装置亏损严重，闵恩泽再次临危受命，转入他并不熟悉的化纤领域。他牵头组织联合攻关，开发绿色新工艺，仅花了7亿元就把引进装置的生产能力提高了3倍，而且从源头上消除了环境污染，使企业迅速扭亏为盈，开启了我国的绿色化工时代。

进入21世纪，能源危机日显。年近八旬的闵恩泽又把目光转向可再生的生物质能源开发，指导开发出"近临界醇解"生物柴油清洁生产新工艺，使我国在这一领域后来居上。

阅读启示

闵恩泽说："能把自己的一生与人民的需求结合起来，为国家的建设做贡献，是我最大的幸福。"归国六十多年，他燃烧自己，照亮能源产业；他上下求索，催化工业发展。闵恩泽心系国家发展，为中国的石油化工开拓出了一片自主创新的天空。

拓展延伸

闵恩泽是中国炼油催化应用科学的奠基者、石油化工技术自主创新的先行者、绿色化学的开拓者，被誉为"中国催化剂之父"。

崔崑：百炼成钢的"钢铁院士"

出生于1925年的崔崑，少时便经历了炮火连天的艰苦岁月。上初中时，家乡沦陷于日寇的铁蹄之下。他的父亲是燕京大学的毕业生，在侵华日军接管洋行后毅然辞去高薪职务。高中毕业后，在父亲的支持下，崔崑离开沦陷区，考入了西迁至四川乐山的武汉大学机械系。在大学里，他学习十分努力，取得了机械系第一名的成绩，毕业后，留校担任助教。

1958年，崔崑被公派前往苏联莫斯科钢铁学院，专攻金属学及热处理专业。两年的留学生涯孕育了他的钢铁情怀，奠定了他日后的研究方向——特殊钢。钢铁是新中国工业的脊梁，而高性能的特殊钢，更是托举一个国家钢铁工业水平的巨臂。1960年，崔崑从苏联学成回国，担任教研室主任。当时新型高性能模具钢是我国工业生产急需品，但我国无力自主生产，每年需大量进口，价格是普通钢的10倍以上。这种模具钢虽然耐磨，但是很脆，因为它含铬高，里面有很多硬的大颗粒，所以非常容易断裂。加上国家当时又缺乏铬元素，于是，崔崑便想到用我们国家富有的钨元素和钼元素，再加点钒元素，生成颗粒，进行改良，做一个低铬同时又耐磨的模具钢。

但在当时，我国在模具钢研究领域基本上是空白的，要做出中国人自己的高性能模具钢谈何容易。感应熔炼炉、盐浴炉这些研究模具钢的必需设备买不到，崔崑便带领大家自己动手做。

使用盐浴炉，一要注意温度，因为如果温度相差10摄氏度，它的性能就会发生变化；二要注意避水，因为盐浴炉遇水就炸。每次实验，崔崑都必须亲自盯着，在1200多摄氏度的盐浴炉旁，经常一守就是一个通宵。经过反复试验，新模具钢的含铬率由12%降低到4%，制成的模具寿命比旧有模具增加了一倍以上，成功打破了国外垄断。

然而，艰苦不止在实验室。20世纪80年代，每当新钢种出产，崔崑便背着沉重的"铁坨坨"，风尘仆仆地赶往各单位试用。那时，崔崑三分之一的时间都在外面跑，他的足迹遍布全国。由于交通不便，乘火车还可能买不到硬座，他常常买站票出行，一站就是一夜。

崔崑先后研制出的十种自主知识产权新型模具钢，在数十家加工厂都得到了应用。按照当时的标准，这些新型模具钢累计创造直接经济效益2亿多元。

随着年龄渐长，崔崑的科研任务渐少，但他对国家的贡献却越来越多。二十多年来，我国的钢铁工业得到了快速发展，但某些高端特殊钢产品生产水平与国际先进水平仍有一定差距，我国科技工作者急需一部全面反映特殊钢发展的书籍。于是，在2006年，崔崑开始着手撰写《钢的成分、组织与性能》一书。81岁的崔崑已眼睛老花，经常看不清楚东西，但他克服困难，自学电脑，下载图形编辑软件，把图片一张一张导入，并在上面进行修改，耗时六年，独立完成了这本我国首部全面系统介绍特殊钢的"百科全书"。全书共1574页，约200万字，含图828个、表646个，书中所有的文字，都是崔崑自己一个一个敲进去的。

他一直关注着这个学科发展的前沿动态，并且经常和学生讨论这个方面的成果。2017年，92岁的他又开始着手完善《钢的成分、组织与性能》一书，准备再版。他说要写一本能够反映整个行业最新进展的有价值的书，这对后人在科研工作方面能起到一个很好的帮助和指导作用。

耄耋之年，他依旧严谨治学，堪称"国之脊梁"。崔崑一生矢志于祖国的钢铁材料事业，为我们国家特殊钢的发展做出了突出贡献。

阅读启示

入党六十余年，崔崑始终忠诚于党的科研工作，他说："我入党，就是因为新中国成立以后知识分子看到国家的新变化，只有跟着共产党我们的国家才能富强。所以我认为，入党是当代先进知识分子的自然归宿。共产党人就是应该多做贡献，对我来讲，就是多做一些事情，多帮助别人。"无双国士，这当是新时代青年追寻的榜样。

拓展延伸

崔崑院士不仅在学术上建树丰硕，在生活中，也始终以中国共产党党员的标准严格要求自己。崔崑夫妇生活节俭，崔崑一件夹克穿了三十年，却捐款千万元，将毕生积蓄用于助学。

南仁东："中国天眼"之父

　　1945年，南仁东出生于吉林省辽源市，从小学习成绩便极为优异。1963年高考，他以近满分的成绩成为当年吉林省的理科状元，考入了清华大学无线电系，后师从王绶琯院士，先后获得理学硕士和博士学位。

　　1984年，南仁东开始接触活动星系核这一课题。当时中国在这一领域的研究还处于初级阶段，南仁东便主持完成了欧洲及全球的十余次观测，取得了卓越的理论成果。

　　1993年，在南仁东远赴日本参加的一次国际无线电科学联盟大会上，一位科学家提出，在全球电波环境继续恶化之前，建造新一代射电望远镜，以接收来自外太空的讯息。南仁东听后深受启发，同时想到射电望远镜不单单与地外文明有关，对于预防违法犯罪和捕捉监控定位都有很大的作用。回国后，南仁东决心在祖国的土地上，建一个世界上最大的单口径射电望远镜。

于是，在他的苦心钻研下，1994年7月，有着"中国天眼"之称的500米口径球面射电望远镜（英文简称"FAST"）工程概念被提出。同时，南仁东建议利用喀斯特洼地作为望远镜台址。由于国家没有相关经验，就由他本人担任大射电望远镜中国推进委员会的主任，带着平均年龄只有30多岁的选址团队远赴贵州，开始了长达十二年的选址工作。

选址途中多悬崖，49岁的南仁东便手脚并用地爬上去。那个时候他们穿着解放鞋，在行进途中，脚很容易被划破。有一次正好遇上大雨，团队都劝他别上山了，可南仁东不放心，一定要去。没想到，就在他小心翼翼地攀爬时，脚下一滑发生了意外，一下子滚了下去。周围全是悬崖峭壁，幸好有两棵树挡住了他。这样的险情伴随了南仁东十余年，他也从壮年步入了花甲之年。在这期间，他几乎走遍了贵州的所有洼地，走过了几十个大大小小的村寨，有时候周围人都打起了退堂鼓，觉得这么多年了还没谱，但无论天气有多么寒冷、条件有多么恶劣，南仁东依然坚定向前。

2005年，南仁东一行来到了贵州省黔南布依族苗族自治州平塘县。在经过三个半小时的徒步后，一个完美的圆形洼地呈现在他们眼前。南仁东曾发出这样的感慨："我们的FAST台址'大窝凼'洼坑，是我们从三百多个候选洼地里面挑选出来的，我们非常幸运，我们选到了一个地球上独一无二的最适合FAST建设的台址。"FAST项目从立项到开工建设，南仁东以身作则，耗费了大量的心血。圈梁刚合龙时，他非常开心，像孩子一样爬上圈梁，在上面奔跑。不光是圈梁，每个塔只要一建好，能上人的时候，他都要第一个爬上去。这个项目凝结了南仁东所有的心血，他看待FAST工程，就像看待自己的孩子一样，关注它一点一滴的成长。这台望远镜甚至已经变成他生活的全部，他的每一分情绪好像都被这个项目牵动着。

2015年，就在FAST即将建成之际，70岁的南仁东被确诊为肺癌。让人没想到的是，手术三个多月后，他忍着病痛，义无反顾地返回施工现场。手术伤及他的声带，因此他说话常常气喘吁吁。在开工程例会时，他的声音已经变得非常沙哑，说话要靠着气往上顶，非常吃力，周围的人非常心疼。他为FAST耗尽了自己全部的精力，甚至把生命最后的一点能量也献给了这项事业。

2017年9月15日，在"中国天眼"工程完工启用还不到一年的时候，南仁东的病情急速恶化。虽然医生竭尽全力进行救治，但他还是永远地离开了。这一天距离

FAST竣工一周年纪念日还有十天，距离宣布发现六颗脉冲星还有二十五天。他带领我国射电天文专业走进了新时代，让我国天文事业实现了从跟跑到领跑的质变。时光荏苒，岁月变迁，变的是世间万物，不变的是南仁东刻苦拼搏建设祖国的精神。

阅读启示

南仁东一生尽心尽力，为了祖国心甘情愿付出全部心血，真正做到了无愧于祖国人民。他用自己的生命，诠释了一名科学巨匠的追求。他的爱国情怀、科学精神和勇于担当的奉献精神，激励着广大科技工作者继往开来，不懈奋斗。

拓展延伸

从壮年走到暮年，南仁东把一个朴素的想法变成了国之重器，成就了中国在世界上独一无二的项目。2018年10月15日，中科院国家天文台宣布，经国际天文学联合会小天体命名委员会批准，国家天文台于1998年9月25日发现的国际永久编号为"79694"的小行星被正式命名为"南仁东星"。同日，由中国美术馆馆长吴为山创作捐赠的"时代楷模"南仁东塑像在"中国天眼"现场落成。

潘建伟：量子信息研究的创新者

2022年10月4日，瑞典皇家科学院宣布，将2022年诺贝尔物理学奖授予法国科学家阿兰·阿斯佩、美国科学家约翰·克劳泽和奥地利科学家安东·塞林格，以表彰他们为纠缠光子实验、证明违反贝尔不等式和开创性的量子信息科学所做出的贡献。来自奥地利的这位科学家正是潘建伟院士的博士研究生导师，颁奖委员会提到的他的研究工作，潘建伟是最主要的参与者之一。作为我国量子科技领域的领军人物，潘建伟一直在科研道路上躬耕不辍、孜孜前行。

1970年，潘建伟出生于浙江省东阳市，自小成绩优异，父母对他从不限制，由他做感兴趣的事。1987年，潘建伟考入中国科学技术大学近代物理系，先后获得学士、硕士学位。大学期间，他第一次接触到量子力学，那时他的经典力学、电动力学、统计力学都学得很好，却完全搞不懂量子力学，有次期中考试量子力学差点没及格。量子世界越古怪，潘建伟越想弄明白，于是他选择与量子"纠缠"下去。1996年，潘建伟赴奥地利因斯布鲁克大学攻读博士学位，师从量子实验研究的世界级大师安东·塞林格。1999年，潘建伟获得奥地利维也纳大学实验物理博士学位。

潘建伟在国外掌握了先进的量子技术后，迫切希望中国在信息技术领域抓住这次赶超发达国家并掌握主动权的机会。因此，1997年起，他每年假期都会回到母校中国科技大学讲学，为中国在量子信息领域的发展提出建议，并带动研究人员进入该领域。

2001年，潘建伟回到中科大任教授。在中科院、国家自然科学基金委员会和科技部等主管部门的经费支持下，他在中科大组建了量子物理与量子信息实验室。他将不同学科背景的年轻人送出国门，到德国、英国、美国、奥地利等国家学习锻炼，以培养研究团队。

经过持之以恒的努力，潘建伟带领团队在量子调控领域取得了一系列有重要意义的研究成果，尤其是他关于量子通信和多光子纠缠操纵的系统性创新工作，使得量子信息实验研究成为近年来物理学发展最迅速的方向之一。

潘建伟及其同事有关实现量子隐形传态的研究成果，于1999年同伦琴发现X射线、爱因斯坦建立相对论等影响世界的重大研究成果一起，被《自然》杂志选为"百年物理学21篇经典论文"。2011年，41岁的潘建伟当选中国科学院院士，成为中国当时最年轻的院士。

潘建伟牵头研制成功国际上首颗量子科学实验卫星"墨子号"，建成国际上首条量子保密通信骨干网"京沪干线"，构建了首个空地一体的广域量子保密通信网络雏形，使我国量子保密通信的实验研究和应用研究处于国际领先水平。

2020年，潘建伟等学者成功研制的76个光子的量子计算原型机"九章"，推动全球量子计算的前沿研究达到一个新高度，继美国的谷歌"悬铃木"量子计算机之后，我国首次成功实现"量子计算优越性"的里程碑式突破。下一步，潘建伟希望在地月拉格朗日点上放一个纠缠光源，向地球和月球分发量子纠缠。通过对30万公里或更远距离的纠缠分发，来观测其性质变化，对相关理论给出实验检测。"希望在60岁退休前，把这个实验做完。"潘建伟认为，发展量子通信、量子计算技术是国家的重大需求，自己义不容辞，而把量子世界最奇怪的问题搞清楚，是自己做研究的原动力。

潘建伟在繁忙的工作之余还参加了很多科普活动，并创办了以科普为目的的墨子沙龙。他说："建设创新型国家，必须培养公众的科学兴趣，提升公众科学素养，否则就不可能建成真正创新的国家。"

阅读启示

作为国际上量子信息和量子通信实验研究领域的先驱和开拓者之一，潘建伟是该领域有着重要国际影响力的科学家。他的这些成就，正是来源于他对祖国的挚爱，来源于他对科学的痴心。

拓展延伸

实验中难免会有让人灰心丧气的时候，但潘建伟说，做自己喜欢的事需要耐心，欲速则不达。"我愿意循序渐进地学习、工作。成功了，当然很高兴；不成功，也不觉得失落，就再来一次。关键是享受这个过程带来的乐趣。"

王选：推广汉字激光照排技术的"当代毕昇"

1937年2月5日，上海的一个弄堂里，一名男婴呱呱坠地。父母给他取名为"选"，希望儿子在成长过程中能够选择正确的人生道路。

仿佛冥冥之中自有安排。孩子长大后，在每一个人生路口都做出了异于常人的选择。大学选择开垦处女地——计算数学，引领新兴学科蓬勃发展；毕业后敢"啃硬骨头"，直接自主研发第四代汉字激光照排技术；功成名就时选择急流勇退，提携后学，甘当人梯。

进退之时，去留之际，他走出不寻常的人生轨迹，让汉字的排版印刷告别了"铅与火"，跨入了"光与电"。他就是汉字信息处理与激光照排技术创始人、国家最高科学技术奖获得者——王选。

这位大半辈子都与计算数学打交道的大家，小学时的数学成绩其实并不突出，甚至有一次数学补考只考了50多分。是初中数学老师刘叔安的启蒙和引导，让他真正爱上了数学。到初三时，王选已经开始超前自学新的数学内容。进入南洋模范中学高中部后，他更是如痴如醉地在数学王国里徜徉。

高中毕业时，王选毅然填写了三个与数学有关的志愿：北京大学数学力学系、南京大学数学系、东北人民大学（现吉林大学）数学系。最终，他不负众望，以优异的成绩被北京大学数学力学系录取。

大学入学后没有具体分专业，到大二下学期末，数学力学系开始划分出数学、力学和计算数学三个专业方向。大多数成绩优秀的同学都选择了数学专业，而王选则与众不同，在对三个专业方向的现状与前景做了认真研究后，他做出了一个重大抉择——选择计算数学。这是北京大学刚刚成立的新兴学科，很多人连计算机都没见过，更何况做研究。

但之后的事实证明，他的选择是富有远见的。多年后，王选在总结回忆时说："我在解难题上面的本事并不大……但是有一点我大概是突出的，就是洞察力、远见力，具体表现就是我能比别人早一拍走到正确道路上。"

1958年，王选毕业留校任教。20世纪六七十年代，他不顾疾病缠身，坚持科研攻关，成为我国早期计算机专业的佼佼者。

独创，绝不模仿他人。这样的独创思维，使王选在别人纷纷研究国外流行的第二代、第三代照排机时，毅然选择"攻坚"当时国外还无成品的第四代激光照排系统。然而，这样的"与众不同"刚开始并不被人接受。一个病弱的北大助教，要把字模用计算机算出来，这岂不是天方夜谭？

在十多年的技术研发过程中，人们对王选的质疑、嘲讽从未间断，但他以一种科学家几近"狂热"的执着和超乎常人的意志和魄力，瞄准目标，带领团队不懈努力，克服重重困难，最终成功研制出了汉字激光照排系统。后来，他最亲密的工作伙伴、爱人陈堃銶罹患癌症，他自己也患上肺癌，但他仍强忍着身体和心理上的痛苦持续工作，没有想过放弃。

从1975年开始，到1993年春节，王选奋斗了十八年，他没有过过任何节假日，大年初一都在工作。他认为，一个献身于学术的人就再也没有权利像普通人那样生活，必然会失去常人所能享受的很多乐趣，但也会得到常人享受不到的不少乐趣。

如果没有王选发明的这个原理，要把汉字或照片变成电子文件，是需要花很多数据的，就像一个油画家和一个漫画家给同一个人画像，油画家虽然画得很逼真，但需要描画无数笔才能实现，而漫画家寥寥几笔就能把一个人的特征描绘出来。王选正是这样的"漫画家"，他的贡献在于用少数、有限的编码信息来记录一个复杂的汉字或图片。今天，我们用小小的手机发送中文短信，用计算机发送电子邮件，能把中文传播出去，也都得益于王选的这一原理，是他让记录中文变得这么便捷。

实干、坚忍、奉献、质朴……他的身上几乎集合了中国知识分子的所有特质。无限荣耀的背后，是王选的责任和担当。他凭借赢弱身躯，耗尽半生心血，催生了我国印刷业的革新。他对科技创新的思考，闪耀着智慧的光芒。

阅读启示

王选甘坐冷板凳、十年磨一剑的专注和勤奋，造就了汉字激光照排系统的成功。王选曾坦言："十多年我只要有三天的休息就已经十分满足了，但从未得到这种机会，特别是前十年，根本看不见名和利，是项目的难度和价值强烈吸引了我。"时代需要王选精神，王选的故事永不过时。愿更多的"王选"，铭记荣光，牢记使命，承志前行。

拓展延伸

北京大学王选纪念陈列室建成于2006年。在"生平事迹厅"，从密密麻麻的科研手稿，到富含哲理的人生格言；从朴素节俭的衣物用品，到数十张发黄的捐款收据；从荡气回肠的王选遗嘱，到呼吁扶持年轻人才的最后一篇文章，都系统展示了王选献身科学、无私奉献的一生。

姚期智：中国计算机科学的领路人

　　1946年，姚期智出生于上海，幼时随父母去台湾生活。从台湾大学毕业后，他赴美留学，进入哈佛大学，师从诺贝尔物理学奖得主格拉肖。1972年，姚期智获得哈佛大学物理学博士学位。次年，他把研究方向转向计算机技术，进入伊利诺伊大学攻读计算机科学博士学位。1975年，博士毕业的他先后在麻省理工学院数学系、斯坦福大学计算机系、加利福尼亚大学伯克利分校计算机系等任职任教。

2000年，凭借在计算理论包括伪随机数生成、密码学等多个尖端科研领域的突出贡献，姚期智获得了有着"计算机界诺贝尔奖"之称的图灵奖。2004年，他做出了人生的重要选择：辞去普林斯顿大学终身教职，卖掉在美国的房子，回国到清华大学任教。姚期智坦言，对于他来说，作为从小在中国文化环境中成长的人，不管人在哪里，不管什么时候，从来都不会忘记自己是中国人。他认为能够为中国的高等教育和科学研究出力，意义非凡。最重要的是，清华大学有许多很有潜力的学生，对他们的培养刻不容缓。

当时，国内对于国际上理论计算机科学主流方向的研究还是空白，要赶超世界，姚期智决定从培养本科生开始。回国之后，他做的第一件事就是与微软亚洲研究院合作，在清华大学创办了"软件科学实验班"（后更名为"计算机科学实验班"，也被称为"姚班"）。姚期智说："我们的目标并不是培养优秀的计算机软件程序员，我们要培养的是具有国际水平的一流计算机人才。"于是，他立足学科前沿，以"精耕细作"的教学辅导方式培养学生，精心设计实验班课程，亲自制订培养方案，并定期更新。每次上课，姚期智都会选择生动典型的实例，将学生引入最根本的理论问题中。贴近学生实际生活的例子，大大激发了他们的兴趣和求知欲。姚期智的课没有一成不变的教材和教案，他始终坚持让课堂充满挑战性，通过这样的方式，引导学生发现自己真正的兴趣和强项。

除了带博士生做研究、亲自指导本科生的毕业设计外，姚期智每周还要为本科生讲四个小时的课，很少有教授承担着如此繁重的教学任务，但这是他为自己定下的工作量。而他在普林斯顿任教时，只是每年按惯例为本科生和研究生各上一学期的课。

为拓宽学生视野，姚期智还经常为学生们创造科研和国际交流的机会。"姚班"学生在学术上取得的成就，在全球世界一流大学里也非常罕见，"姚班"成了世界上本科生教育的一个品牌。如今，越来越多的"姚班"学生活跃在计算机领域的国际舞台上。

"姚班"并不是姚期智回国后打造的唯一品牌，在科研领域他也始终走在前沿。早在2010年，他就预见到未来十到二十年，计算机科学的发展在交叉学科，于是，他于当年在世界上率先成立了交叉信息研究院。姚期智说："要把计算机科学和其他的学科交叉起来，开拓一个最新的方向，不但能够和别人并驾齐驱，而且要有一些原创性方向，让我们能够真正取得领先地位。"

姚期智的回国，填补了国内计算机学科的空白。这不只是因为他无可争议的学术大师身份，更因为在他所从事的领域，在当时几乎还看不到中国国内学者的身影。随着姚期智的归来，清华大学计算机学科国际交流的频率和层次都达到了一个新的高度。他以自己的人格魅力，带动了一批人回国报效祖国。他始终坚信，能够为中国的高等教育、科学发展出力，十分值得。

阅读启示

姚期智说："我在中国台湾成长，像我们这种在一个中国文化的环境里面成长的人，不管是什么时候，我们都从来不会忘掉我们是中国人。能够在中国培养人才，能够在中国做出一些前沿的科技的突破，我觉得这个意义是完全不一样的。"在姚期智看来，推动中国实现民族复兴，也是他为之奋斗的目标。

拓展延伸

2019年5月，清华大学宣布人工智能班成立，姚期智出任首席教授。2019年再次出发，他仍然没有丝毫懈怠，亲自梳理了每一门课的培养方案，并在2020年的春季学期为首届"智班"学生开设人工智能应用数学课程。

包起帆：勇于创新的"抓斗大王"

在上海第二工业学院的大草坪上，放置着一个"15吨单索木材抓斗"。这不是一件艺术作品，而是该校77级校友、著名全国劳动模范、发明家包起帆20世纪80年代初的发明。该抓斗曾荣获国家发明奖和日内瓦国际发明展览会金奖，包起帆也因此被称为"抓斗大王"。

1968年，包起帆进入上海白莲泾码头，做了六年码头装卸工。后来因脚骨折，改做机修车间的修理工，专门修理码头上的起重机。在坚持了四年半工半读后，

1981年，包起帆顺利拿到了大专文凭，回到南浦港务公司，在工艺科当了一名工程师。然而在这一年里，他目睹了三名年轻的工人死于木材装卸。朴素的工人兄弟间的情感使包起帆强烈地感受到，要靠自己的科学文化知识把工人兄弟的生命从"虎口"中夺回来。

码头上面的黄沙、石子能够用抓斗来抓，那木头能不能用抓斗来抓呢？那时候，包起帆对抓斗一窍不通。面对重重困难，他顾不上自己的家庭，顾不上刚出世不久的孩子，日夜待在码头上做实验，不上工的时候就去图书馆、情报所查阅资料。经过将近三年的艰难攻关，他终于发明出了"木材抓斗"，从此结束了我国港口码头人工装卸木材的时代，保障了工人的安全。

木材抓斗初战告捷后，他又把目光瞄准了"铁老虎"。那时用人力在船上搬生铁、卸废钢，工人常常累得爬不上船舱；由于作业时灰尘很大，工人在舱口一露脸，只有两只眼珠是白的，周身一片乌黑。为了从根本上改变这种状况，包起帆又发明了"单索生铁抓斗""异步启闭废钢块料抓斗""新型液压抓斗"等。他的这些创新和发明都紧紧围绕着码头装卸生产第一线的薄弱环节，哪里不安全，哪里效率低，哪里成本高，他和他的同事们就在哪里动脑筋、搞创新。这些成果创造性地解决了一批关键技术难题，从而改变了我国港口木材、生铁、废钢等货物装卸工艺的落后状况。其科技成果还实现了产业化，不仅在国内二十多个行业一千多个企业里得到广泛应用，还批量出口到二十多个国家和地区，累计为国家创造了四亿多元的经济效益。

上海作为中国的传统大港和对外开放的重镇，码头年货物吞吐量连创新高。但一个严峻的问题阻碍了上海港口的发展：码头的运能跟不上进港货物量的增长。包起帆凭着对国际港口业整体发展趋势的敏锐把握，果断把攻关的矛头对准了世界集装箱码头研究的最前端——集装箱自动化堆场，把研究的重点放在了如何实现码头操控"无人化"上。包起帆找来了国际领先码头的最新成果进行研究，又一次开始了科技创新之路。但在这个过程中，他遇到了一个世界性的难题：龙门吊无法识别来自社会上各种各样的集卡。在这个环节，国际上最先进的自动化码头也只能人工操作。

整整一年，他们没有取得丝毫进展。包起帆一遍又一遍徘徊在码头，一次又一次召集团队研究试验，认真探究着方案的优化改进。凭着这种锲而不舍的精神，他们最终攻卜了这道世界难题。如今，这套代表着世界最新技术的集装箱自动化堆场及堆场装卸工艺，已成功应用在上海外高桥二期码头上。现场无人指挥，吊车无人驾驶，集卡不用逗留，叉车不再出现，所有的指令都从两公里以外的控制中心发出，一切都显得有序、从容。在巴黎发明展览会上，这项成果以其先进的设计理念、过硬的技术系统、扎实的试验数据，获得了二十五位权威评委的一致赞赏，无可争议地为包起帆赢得了第一枚金奖。

他发明的"集装箱电子标签系统""用于集装箱的电子标签和电子封条的连接方法""用于集装箱作业的安全装置"，也同时获得了巴黎发明展览会金奖。一人四个金奖，包起帆成为展会创办一百零五年来一次获得奖项最多的人。

阅读启示

包起帆是伴随改革开放成长起来的工人的缩影，四十多年来，他心怀铁人精神，从技术发明、技术创新走向了产业创新，带领团队啃了多个"硬骨头"。他从岗位工作实际出发，创造了港务工作一系列发明成果，多次获各类发明创造奖，为中国港口建设做出了突出贡献。

拓展延伸

包起帆说："你可以没有学历、没有资历、没有背景，现在还从事着平凡的劳动，但只要努力学习、敬岗爱业、用心做事，就能够在创新的道路上取得成功。"他认为应该把更多的劳模精神、劳动精神、工匠精神传递给年轻的一代，只有更多的"包起帆"成长了，国家在创新的道路上才会走得更远！

孔祥瑞：蓝领专家

　　他是一名普通工人，只有初中文凭，在港口码头上一干就是几十年，却先后组织实施了180余项技术创新项目，获得16项国家专利，为企业创造经济效益超亿元。他就是自学成才、勇于创新的"蓝领专家"——孔祥瑞。

　　1972年，17岁的孔祥瑞初中毕业，被分配到天津港，当上了一名门吊司机。门吊机高度超60米，能吊起重达40吨的集装箱，它的操作车距地面近30米，每次要身体半悬空攀爬百级台阶才能到达。晕高、工作枯燥、技术难度高等种种困难，一度让孔祥瑞打起了退堂鼓，但在师傅的鼓励下，他开始排除杂念苦练技术。为了尽快掌握门机性能和操作技术，他找来说明书，一页页看，一条条记，还把身边的工友当作老师，对于设备出现的故障、故障原因、修理过程、注意事项等，都拿小本子一一记录在案。就这样，日积月累，孔祥瑞的专业技能大幅提高，他把当时先进门机设备的全部零件"啃"得清清楚楚，由学徒成长为班长、队长，逐渐成为一名专家。

1993年的一天，码头上一台门机的旋转大轴承发出异响，有可能是缺少润滑，但也可能是重大事故的前兆。如果不拆卸进行彻底检修，门机就有可能瘫痪；如果拆卸下来后发现没有问题，企业会蒙受上百万元的经济损失。拆还是不拆？在场的企业领导和工友们都用期待的目光看着孔祥瑞。孔祥瑞听了听响声，冷静果断地说："是轴承坏了，必须拆！"根据他的提议，公司调来900吨的海上浮吊拆卸回转大轴承。拆下后，轴承正面完好无损，在场的人不由得捏了一把汗。他又冷静地指挥吊车将大轴承翻了过来，只见轴承背面的滚珠已经散落出槽，如果继续使用，后果不堪设想。门机的故障排除了，孔祥瑞"听音断病"的绝活也出了名。

一次，一台门式起重机的转柱回转大轴承下支撑面损坏，要想维修，就必须把重168吨的门机上盘抬起，而租用正在南海作业的海上浮吊需要等上两个月的时间。凭着长期积累的经验，孔祥瑞想到了一个招：没有海吊从上面吊，咱们就想办法从下面顶。他带领工友们经过反复研究，攻克了下支点因轴承旋转而不易固定的难关，用10个单个承压30吨的千斤顶将门机上盘托起了20厘米，达到了维修要求的高度，使门机故障得以修复，并由此形成了一项新成果——焊接在大法兰盘下的新型顶升支座技术。

1999年7月，一台正在作业的主力门机突然短路起火，冒着浓烟的机房温度超过了50摄氏度。孔祥瑞心急如焚，第一个钻进去进行检修。时间一分一秒过去，孔祥瑞和五名工友挥汗如雨，喉咙冒烟，每个人的工装都可以拧出水来。他们连续维修了8个小时，喝了整整5箱矿泉水，终于，门机恢复了运作。这件事对孔祥瑞的刺激特别大，第二天，孔祥瑞就带领技术骨干成立了攻关小组，改造中心集电器。孔祥瑞和工友们仔细翻阅资料，逐项分析排除，终于找出了设计上的缺陷。经过三个月的探索攻关，他们用万向轴取代了卡隼式连接，巧妙解决了不同心易损坏的痼疾，完成了对门机中心集电器的技术改造，获得了国家专利。

2001年，天津港吞吐量冲刺亿吨，18台门机全天候作业。孔祥瑞站在货船上近距离观察时，发现门机抓斗放料时起升动作会有约16秒的停滞。他想，如果把这个空当利用起来，效率肯定能提高！在观察记录和比对资料进行分析后，孔祥瑞找到了突破口：改造门机的"大脑"——主令控制器，把抓斗起升、闭合控制点合二为一，并将主令控制器手柄移动轨迹由"十"字形丰富成"星"形……"门机主令器星形操作法"问世了，这个技术使每台门机在作业时成功节省了15.8秒。一周之内，孔祥瑞带领工人把18台门机都进行了改造，每台门机平均每天多装卸480吨，当年为企业增加利润1620万元。2002年，"门机主令器星形操作法"被天津市总工会命名为"孔祥瑞操作法"，并且在全国推广。

2003年，孔祥瑞主持的"门座式起重机中心集电器"技改项目获得国家专利；2004年，他主持开展翻车机摘钩杆改造，每年节省卸车时间1800小时；2006年，他改进设备电缆，节约维修成本100万元；2007年，他攻克"大型机械走行防碰撞装置"难题，创效181万元；他主持研制的"大型机械电缆防出槽技术"获国家专利，创效990万元。

阅读启示

孔祥瑞认为，只要努力钻研、刻苦学习、勇于实践，工人同样有施展才华的空间。他以"当代工人，只有有知识、有技能，才能有力量"为座右铭，坚持学习，坚持实践，坚持创新，从一名只有初中文凭的码头工人，成长为一名享誉全国的"蓝领专家"。孔祥瑞的事迹告诉我们，不论出身和起点如何，只要拥有积极学习的态度以及勇于探索和实践的精神，每个人都能在各自的领域内实现自我超越，创造出非凡的成就。

拓展延伸

参加工作以来，孔祥瑞坚持边干边学，学以致用，逐渐成为有名的"门机大王"和"排障能手"。他主持"降低皮带机万吨故障时间"等各类技术创新项目180多项，为企业节约增效过亿元，被授予全国优秀共产党员、全国劳动模范等荣誉称号。

吴良镛：人居环境科学的创建者

　　"让全社会有良好的与自然相和谐的人居环境，让人们诗意般、画意般地栖居在大地上。"谈起毕生追求，吴良镛如是说。作为人居环境科学的创建者，我国建筑与城市规划领域的学术带头人，吴良镛院士已有众多荣誉在身。他是2011年度国家最高科学技术奖获得者，曾荣获"改革先锋"称号，一颗小行星被命名为"吴良镛星"……

　　1922年，吴良镛出生于江苏省南京市的一个普通家庭。小时候的他喜爱文学、美术，兴趣广泛，读书刻苦勤奋。那个年代的中国大地战火连连，老百姓流离失所、背井离乡。吴良镛后来回忆起在重庆合川参加高考的情景，讲起自己投身建筑事业的初衷时说道："一时间地动山摇，瓦砾、碎石、灰土不断在身边落下。当我们从防空洞出来，火光冲天，大街小巷狼藉一片，合川大半座城都被大火吞噬……这些痛苦的经历，促使我内心燃起了战后重建家园的热火。"1940年，吴良镛进入重庆中央大学建筑系学习，在这里开启了他的建筑规划生涯。

在大学时，吴良镛写的文章《释"阙"》引起了建筑学家梁思成的关注，于是他把吴良镛调到身边工作。抗战胜利后，吴良镛开始协助梁思成创办清华大学建筑系，1948年又在梁思成的推荐下到美国匡溪艺术学院建筑与城市设计系深造。在著名建筑师沙里宁的指导下，吴良镛开始探索中西交汇、古今结合的建筑思路。

吴良镛在美国获得硕士学位后，应梁思成、林徽因的邀请回到新中国，在清华大学任教。1952年，中国高等院校进行调整，清华大学建筑系规模迅速扩大。吴良镛在担任建筑系副主任期间，从国情和本专业教学特点出发，制订了建筑系的全新教学计划。

20世纪80年代初，吴良镛开始了对广义建筑学的思考，他的着眼点从单纯的"建筑"概念转向"聚居"。

他提出"从单纯的房子拓展到人、到社会，从单纯物质构成拓展到社会构成"的理念，大幅度拓展了建筑学的视野。

在积极探索理论的同时，吴良镛还踏遍了祖国的千山万水，为解决中国城乡建设和人民居住的实际问题完成了一项又一项重大的开创性工作。他主持参与了北京图书馆新馆设计、天安门广场扩建规划设计、中央美术学院校园规划设计、孔子研究院规划设计等多项重大工程项目，以及北京城市总体规划修编、江苏省南通市城市历史与发展研究、天津城市空间发展战略研究、江苏省苏州市及苏州地区空间发展规划等多项重大城市规划研究项目。其中北京市菊儿胡同的改造正是他学术思想的最好体现。

1988年，吴良镛受邀对南锣鼓巷东侧的菊儿胡同操刀"动手术"，改造这个典型的"危积漏"（危房、积水、漏雨）地区。他的菊儿胡同改造方案保留了老北京人"有天有地，有院有树，有街坊有胡同"的居住环境，透着浓浓的人情味和烟火气。改造吸取了南方住宅"里弄"和北京"鱼骨式"胡同的特点，以通道为骨架，向南北发展形成若干"进院"，向东西扩展出不同"跨院"，突破了北京传统四合院的全封闭结构。改造后的菊儿胡同成为北京老城区改造的典范之作，还获得了"世界人居奖"。

吴良镛开创了人居环境科学，主持起草以人居环境科学理论为基础的《北京宪章》，为世界建筑学发展提供了重要指引。著名美籍华裔建筑学家贝聿铭曾说："不管你到哪个国家，说起中国的建筑，大家都会说起吴良镛。"

阅读启示

倾力建造一座"理想之城"，是吴良镛一生的理想与追求。他适应时代需要，勇于理论创新，为建筑学的科学发展指明了方向，为美好人居环境的实现探索出了一条科学道路，为中国城乡建设的协同发展奉献了毕生心血。他身上有着老一辈科学家爱国、无私、勤奋的独特气质。

拓展延伸

吴良镛是中国科学院和中国工程院两院院士，他先后获得世界人居奖、国际建筑师协会屈米奖、亚洲建筑师协会金奖等。2021年6月，在建党100周年之际，吴良镛荣获"全国优秀共产党员"称号。他的全国优秀共产党员证书的编号是"001"，这是党和人民对他的政治品格的最高褒奖。

林巧稚：心怀大爱的"万婴之母"

在厦门市鼓浪屿东南部的复兴路上，有一座占地5000多平方米的纪念园"毓园"，以纪念一位"伟大的母亲"。她曾为自己的医学理想而坚定求学，在妇产科岗位数十年如一日地勤勉工作，用双手迎接了5万多个孩子来到人间。她终身未婚，没有子女，却是最富有的母亲，是母亲和婴儿的守护神。她就是中国现代妇产科学奠基人，中国第一位女院士，被称为"万婴之母"的林巧稚。

心怀梦想，无问西东

林巧稚出生在鼓浪屿的一个教员家庭，父亲林良英曾留学新加坡，教给她英文和先进思想。在林巧稚5岁的时候，母亲因子宫癌病故。亲人去世的痛苦让她树立了一个终生理想：怀着平凡的爱做平凡的事。1921年，林巧稚考入北京协和医科大学。1929年，她获得医学博士学位，任北京协和医院妇产科助理住院医师。从此，林巧稚将自己的一生奉献给了妇产医学。

1941年，协和医院因被日军占领而关闭，林巧稚在东堂子胡同里开办了一家妇科诊所。在那里，她接触到了中国最底层的民众。当时北平城里妇产科诊所的门诊挂号费最少是五角，半袋面粉的价钱，林巧稚将挂号费降为三角，还在出诊包里常备一些钱，接济那些贫困潦倒的家庭。她在看病时只关心病情本身，并不注意病人是谁，谁病情重、更为痛苦，她就会先照顾谁，而不是看哪个病人是要员夫人、富家太太。

作为妇产科首屈一指的专家，林巧稚会把耳朵贴在病人的肚皮上，摸摸病人的头，掖掖病人的被角，擦擦她们额头上的汗。这些温暖和体贴的小动作总能缓解病人的惊慌焦虑，令她们平静下来。林巧稚出诊时从不会用三言两语打发病人，她常对医生们说："医生给人看病不是修理机器，医生面对的是活生生的人。她们各自的生活背景、思想感情、致病原因各不相同，我们不能凭经验或检验报告就下诊断开处方。"

1962年，林巧稚收到一名孕妇的求助信："我是怀了第五胎的人了，前四胎都没活成，其中的后三胎，都是出生后发黄夭折的。求你伸出热情的手，千方百计地救救我这腹中的婴儿……"

在当时的条件下，新生儿溶血症并没有被治愈的先例，贸然接诊可能会面临许多风险。林巧稚本可以拒绝，但她彻夜难眠，茶饭不思，遍查资料，最后决定试一试。

孩子出生很顺利，可是不到3个小时就出现了全身黄疸，生理指标也越来越糟。林巧稚冒着风险决定，给新生儿进行全身换血。换血开始，挤满了医护人员的手术室里鸦雀无声。林巧稚先把听诊器在自己手心捂热，再轻轻贴到婴儿胸前，同时用手示意，控制抽血、输血的速度，终于，婴儿的肤色由黄转红。她决定做第二次换血，三天后又进行了第三次换血。

整整七天，林巧稚没有离开孩子身旁，她大胆的判断和精良的医术让这个婴儿成为有记录以来中国首例新生儿溶血症手术成功的患者。

1980年，林巧稚因患心脑血管疾病被送进医院，在病床上，她依然坚持工作。此时，她早已不是住院医师，但她要求值班医生和护士，只要病人出现问题，即使是半夜也要马上通知她。她开始在病床上、轮椅上写关于妇科肿瘤的书，4年后，她50万字的专著《妇科肿瘤学》问世。在林巧稚病情恶化、陷入昏迷时，她总是断断续续地喊："快！快！拿产钳来！产钳……"这时护士就随手抓起一个东西塞进她手里安抚她。"又是一个胖娃娃，一晚上接生了三个，真好！"这是她临终前说的最后一句话。

阅读启示

林巧稚不仅医术高明，医德、医风更是有口皆碑。她的墓碑上镌刻着这样一句话："只要我一息尚存，我存在的场所便是病房，存在的价值就是医治病人。"她是卓越的人民医学家，把毕生精力无私地奉献给人民，她的精神值得我们学习。

拓展延伸

朱德夫人康克清在一篇回忆林巧稚的文章中写道："林巧稚看病最大的特点就是不论病人是高级干部还是贫苦农民，她都同样认真，同样负责。她是看病，不是看人。"作家冰心在《悼念林巧稚大夫》一文中满怀敬意地写道："她是一团火焰、一块磁石。她的为人民服务的一生，是极其丰满充实地度过的。"

裴法祖："中国外科之父"

1914年12月6日，裴法祖出生在杭州的一个书香世家。他从小聪明勤奋，18岁考入上海同济大学医学预科班，学习了两年德语。

1933年春天的一个傍晚，裴法祖母亲突然腹内剧痛，呻吟不止，医生、郎中都束手无策。不久，母亲就痛苦地离开了人世。这令裴法祖悲痛万分，他含泪查阅了西医书籍，发现母亲竟死于阑尾炎，而在国外，治疗这种病只需要一个很小的手术，十几分钟就能解决。

从此，裴法祖立志要做一名医生，解除人类的病痛。他更加勤奋刻苦地学习功课，课余时间全都在图书馆里度过，他也因此被同学们戏称为"图书馆长"。

医科前期结业考试，裴法祖成绩斐然。他的老师是德国人，考试非常严格，但是对老师提出的每一个问题，他都能对答如流。最后，德国老师不得不赞叹地说："你回答得太好了，我只能给你一百分。"就这样，裴法祖的解剖学获得满分。"我是书呆子，很少玩的，但是我打排球、拉提琴、弹钢琴都搞过，一事无成……只有解剖，我学成了。"多年后，谈起这段经历，裴法祖如此调侃自己。

1936年，裴法祖被学校选派到德国慕尼黑大学医学院继续学习。获得博士学位后，他留在慕尼黑大学的附属医院工作。当时，他只能给导师打下手，连正式助手都不是。但他的聪明和刻苦深深打动了导师，不久，他成了导师的正式助手。八个月后，裴法祖做了第一个手术——阑尾切除手术。

在做第三个同类手术时，一位中年妇女在术后第五天突然死去。尽管解剖后没有发现手术方面有什么问题，但导师的一句话却让裴法祖记了一辈子："裴，这是一位有四个小孩子的母亲。"裴法祖在《旅德追忆》中写道，导师的这句话让他记忆深刻，并影响了他日后六十多年外科生涯的作风和态度。有人说："裴法祖要划破两张纸，第三张纸一定完好无损。"作为外科医生，裴法祖的刀法以精准见长，自成一派，闻名于外科界。他做手术不多开一刀，不少缝一针，而且在选择器械时也尽量减少对病人的损伤。这种严谨的医风，在很大程度上得益于他早年留学德国时所受到的训练。

1946年10月，在一艘从德国开往上海的轮船上，一位30多岁的中国医生成功为一名肝脏破裂、生命垂危的病人实施了缝合手术，病人因此转危为安。这在当时还只能做阑尾切除等小手术的中国，引起了极大的轰动。船未抵岸，这件事就已经被各大报纸争相报道。这个中国医生，就是听闻中国抗日战争胜利而携妻儿回国的裴法祖。

裴法祖常说："我有三位母亲，一位是生养我的母亲，一位是教育我的同济，一位是我热爱的祖国。"母亲、同济、祖国，这三个词就像烙印一般，深深烙刻在裴法祖心里，影响了他的一生。从医六十多年，裴法祖用手中的手术刀创造了我国外科手术领域非凡的历史，他常常教育自己的学生："医术不论高低，医德最重要。医生在技术上有高低之分，但在医德上必须是高尚的。一个好的医生就应该做到急病人之所急，想病人之所想，把病人当作自己的亲人。"

在近一个世纪的传奇人生中，裴法祖悬壶济世，著作等身，桃李满天下。他用一生诠释了爱的意义。

阅读启示

作为医生，裘法祖说："德不近佛者不可以为医，才不近仙者不可以为医。"他也一直以此为标准严格要求自己。高超的医术能治愈人身体上的疾病，高尚的医德却能抚慰人心灵的恐惧和创伤，裘法祖就是这样一个"德技双馨"的医生。

拓展延伸

作为中国现代普通外科的主要开拓者、肝胆外科和器官移植外科的主要创始人和奠基人之一、晚期血吸虫病外科治疗的开创者、中国科学院资深院士的裘法祖被誉为"中国外科之父"。其刀法以稳、准、轻、细、快见长，被医学界称为"裘氏刀法"。

辛育龄：无影灯下的"不老松"

1937年，七七事变爆发后，中国进入全民族抗战阶段。好不容易考上师范学校的辛育龄，做了人生中的一个重要决定——毅然退学，参加八路军。原本想上前线的他，被指导员安排做了冀中卫生部后方医院的卫生员，一干就是小两年。

1939年，在冀中军区白求恩医疗队临时抢救所，有些英语基础的辛育龄被指导员派给白求恩当助手。在白求恩医疗队工作的日子里，白求恩的革命人道主义医疗精神深深地感召着他，并影响了他一生。

新中国成立初期，辛育龄作为我国首批公派留学生，于1951年被派往苏联学习。他选择了和白求恩大夫一样的专业——胸外科。在这里，他学习掌握了当时国内尚属空白的胸外科技术。五年后，辛育龄学成回国，主动要求来到中央结核病研究所组建胸外科，实现他和白求恩医生之间的约定——让人民拥有健康。

据统计，结核病是我国成人传染病中的"第一杀手"。新中国成立后，我国建立了肺结核防治机构，鼓励儿童接种卡介疫苗，肺结核因此得到了一定的控制，但已经被感染的肺结核患者却没办法被治愈。为了尽快找到治疗手段，辛育龄走临床、防治、科研为一体的路子，冒着被感染的风险学习，不到两年，就带领团队改良了肺切除手术，攻克了这一难题。

此后的二十多年间，他为全国培养出了三百多名胸外科技术骨干，指导四十多家医院建立了胸外科，实现了我国胸外科发展从零到一的突破。他的每一项大胆创新，都有力推动了我国胸外科事业的突破性发展。

然而，他并不满足于用肺切除的方式治疗肺结核，他希望能找到更好的救治手段。于是，在1958年，他和他的团队开始钻研肺移植手术。为了减少患者的病痛，他又提出用针刺麻醉的方式进行麻醉。当时，许多同行都觉得开胸手术创伤太大，不适合用针刺麻醉，他就在自己身上反复扎针试验。为寻找经验，辛育龄决定在针刺麻醉状态下为自己实施急性阑尾炎手术。他还用镊子夹自己的皮肤，对每个穴位进行痛阈测试，最终找到了镇痛效果最好的穴位。

1970年6月25日，在辛育龄的主刀下，首例运用一根针进行针刺麻醉的肺切除手术获得成功，震惊了针麻界的同行，开创了国内针麻肺切除手术的新局面。1972年，美国总统尼克松访华时，代表团还特别要求参观辛育龄的针刺麻醉肺切除手术，因为这在外国人看来是不可想象的奇闻。

1978年底，一个肺结核重症病人反复咯血，急需救治。辛育龄和团队在取得了大量的实验数据和研究成果的基础上，决定为这个患者进行肺移植手术。辛育龄又一次想起了自己在冀中军区对白求恩的承诺——要像白求恩一样，做一名拿手术刀的医生，救死扶伤。1979年1月，辛育龄和他的团队完成了国内第一例肺移植手术。

改革开放之初，已是花甲之年的辛育龄受命参与筹建卫生部直属的中日友好医院，并担任首任院长。1984年10月23日，这座当时最富有国际色彩的现代化医院正式开院。次年，辛育龄便请辞院长一职，回到了胸外科。他说："组织上交给我的筹建任务已经完成，接下来，我更愿意专心做一名外科大夫。"

2003年，"非典"肆虐，中日友好医院成为定点收治医院，82岁的辛育龄作为首席专家，为每位重症病人会诊。他始终不敢忘记和白求恩大夫的约定——只要一息尚存，就要多救治一个病人。就这样，他站在手术台前近六十年，一直工作到89岁，直到由于腰部长期负荷过重，腰椎出现损伤，才不得不放下心爱的手术刀。

辛育龄一生中一共完成了1.5万多例手术，相当于连续四十一年每天不间断地手术。他一生最大的愿望就是做一名白求恩式的好医生，做一棵无影灯下的"不老松"。

阅读启示

从战士到专家，从院长到普通大夫，辛育龄用自己的一生诠释了"毫不利己、专门利人，满腔热忱、精益求精"的白求恩精神，激励着一代又一代的医务工作者在为人民服务的道路上不断前行。

拓展延伸

辛育龄曾说："白求恩他把生命都为了我们解放事业，都贡献给中国的大地。那么我们多去救治一个病人，那就是我们多尽一点义务，我一息尚存，绝不放弃，我还要干。"对党的忠诚和军人的使命感，让他一次次迎着号角冲锋。2021年，在建党百年之际，党中央授予辛育龄"七一勋章"荣誉。

吴孟超："中国肝胆外科之父"

　　38岁时，他成为中国第一个成功实施肝脏手术的外科医生，打破了这个"零"的纪录；97岁高龄时，他还完成了一台高难度手术。他说："即使有一天倒在手术台上，也是我最大的幸福。"他就是"手中一把刀，心中一团火"的吴孟超院士。

　　1922年，吴孟超出生于福建省福州市闽清县，5岁时跟随母亲来到马来西亚投奔父亲。在马来西亚，年幼的吴孟超一边帮父亲割橡胶一边读书。1940年，心系故乡的吴孟超回国参加抗日活动，由于去不成延安，只能留在昆明求学。他决心读书救国，进入昆明郊区的同济大学附属中学学习。1943年，吴孟超被国立同济大学医学院录取，正式成为一名医学生。新中国成立时，吴孟超毕业，进入华东军区人民医学院第一附属医院（今海军军医大学第一附属医院），当上了一名外科军医，并拜师裘法祖教授。

当时中国的肝脏外科落后于外国，吴孟超团队就在简陋的研究环境中卧薪尝胆，数十年如一日地钻研。他下定决心：外国有的，中国也要有，不仅要有，还要走向世界。

为奠定肝脏外科的基础，1958年，吴孟超开始研究肝脏解剖。在建立人体肝脏灌注腐蚀模型并进行详尽观察研究和外科实践的基础上，他最先创造性地提出了肝脏"五叶四段"的解剖学理论；为解决肝脏手术出血这一重要难题，在动物实验和临床探索的基础上，20世纪60年代，他首创了"常温下间歇肝门阻断"的肝脏止血技术，并率先突破人体中肝叶手术禁区；70年代，他建立起完整的肝脏海绵状血管瘤和小肝癌的早期诊治体系，较早应用肝动脉结扎法和肝动脉栓塞法治疗中晚期肝癌；80年代，他建立了常温下无血切肝术、肝癌复发再切除和肝癌二期手术技术；90年代，他在中晚期肝癌的基因免疫治疗、肝癌疫苗、肝移植等方面的研究取得了重大进展，并首先开展腹腔镜下肝切除和肝动脉结扎术。

从医七十余年，吴孟超用一双手为1.6万多名肝病患者解除病痛。他有一套手保健操，一有空就做，以保持手的灵活。由于常年拿手术刀，他的右手明显变形，食指上关节弯曲，指尖微微侧弯，像个钩子。这样的手不适合写字、吃饭，拿手术刀却最平稳。关于自己的手，吴孟超曾幽默地说："这个手呢，比脸重要！脸老了无所谓，但手的感觉要保护好。"

因为手术时精神高度紧张，吴孟超的脚趾会不自觉地紧紧抠在地上，第二个脚趾搭在大脚趾上增加抓力。日积月累，他的两个脚趾交错成了一个"X"形，他只能把绿色手术拖鞋的鞋面剪掉一部分。每次手术结束，他便叉开腿坐下，把脚伸出来，像个孩子似的使劲撑开，这是他最放松的时刻。

2021年5月22日，吴孟超与世长辞。2022年，在第五个中国医师节到来之际，吴孟超的家人公开了他生前的日记。日记中，他大多记录着当天的手术：8：40去手术室，做两台手术；肝硬化，肿瘤3厘米，做局部切除……在日记中，每一刀开在什么位置都被他清晰地记录下来。他在日记本扉页上写下对自己的严格要求："做人要知足，做事要知不足，做学问要不知足。"2019年3月15日，吴孟超在日记的右上方写下了大大的"手术一台"，并用红黑两种颜色的笔圈起来。这是他行医生涯中最后一台手术，他在日记中照例记录了患者的手术位置和自己当天的作息。

阅读启示

吴孟超有着高尚的医德和爱党爱国爱民的情怀。他是一名医术精湛的医生、一个信念坚定的军人、一位品行高洁的学者，他与人民肝胆相照，把一生都奉献给了祖国的医疗事业，他的精神值得我们学习。

拓展延伸

吴孟超主持创建了世界最大肝脏疾病研究诊疗中心，通过他和同行们的共同努力，多数肝癌外科治疗的理论和技术原创于中国，中国在该领域的研究和诊治水平居国际领先地位。吴孟超被誉为"中国肝胆外科之父"。

卢世璧：忠于使命的骨科泰斗

他是一名骨科专家，自己的手却因工作长期暴露在X光线下，受到永久性的放射性损伤而导致手指变形、指甲坏死；他曾经成功研制出我国第一代人工关节，给骨关节病患者带来了希望；他在自己带的第一名博士研究生退休之后，依然奋战在实验室；他在80多岁高龄时仍每天准时来到骨科研究所，带领团队做研究。他就是中国工程院院士卢世璧，中国人民解放军总医院骨科研究所的带头人。

1930年，卢世璧出生在一个医学世家。他21岁从清华大学生物系预科班毕业后，考入了协和医学院八年制专科，毕业后被调到解放军总医院，成为一名骨科医生。刚参加工作时，卢世璧做的是创伤和骨折治疗。

20世纪五六十年代，全世界约有一半中老年人患有关节病。在我国，因腿疼造成劳动能力丧失的情况也十分严重，国家劳动力短缺。1960年，苏联撤走了在中国的所有专家，同时停止供应一切技术设备和资料。为了不落后于国际先进技术，30岁的卢世璧在当时骨科主任的带领下，开始了对人工关节的研究。

为填补这个医学空白，卢世璧照着国外的成品、图片，自己手工刻出了第一个人工关节模型。由于不会制图，他就用木头修出关节的样子，再找人照着样子做出工业制图，然后刻模、灌注、浇注、锻造……

模子一遍又一遍地改，卢世璧也在奔波于合作工厂和学校之间的过程中练就了一副"铜头铁嘴橡皮肚子飞毛腿"。对此，卢世璧解释道："铜头是不怕碰钉子。铁嘴是说得好，说三遍不行就说十五遍、四十遍，跟不同的单位说。橡皮肚子是时代问题，因为那个时候吃饭要粮票，所以工厂都不请吃饭，只能饿着肚子回来。飞毛腿是指那个时候的交通工具只有公共汽车、自行车和腿。"虽然条件艰苦，卢世璧却一直坚持着。"为了事业，为了党交给的任务。我们为病人服务，最主要的宗旨就是毛主席写的五个大字'为人民服务'。"为人民服务，解决临床医学难题，这是卢世璧从事医学科研的动力。

20世纪70年代初，卢世璧研制出了以金属钛为原料的第一代人工骨关节。1979年，他和同事们成功研制出用来固定人工关节的骨水泥，填补了国内在这个领域的空白。后来，卢世璧又进一步成功研制出了珍珠面无骨水泥人工关节固定技术，大大减少了病人二次手术的痛苦。为了不让早期软骨损伤的病人等到晚期才无奈地置换关节，卢世璧和他的团队利用新兴的再生医学，成功培养出了软骨组织块，攻克了软骨不能自我修复的世界性难题。

卢世璧及其团队采用微组织技术，使六个月的修复效果达到了其他技术十二个月的修复效果。但在此基础上，卢世璧和同事们还是希望能将修复效能缩短到三个月，甚至一个月。卢世璧说："长得跟正常软骨一样，是我们的目标。有一天干一天，不断把临床病人的难题放在心里，不断想如何解决病人的问题。我们做出来的东西能够让病人用上，病人说效果真好，是最高的奖赏。"

2020年3月28日，卢世璧与世长辞。生前，年近90岁的他依然在骨科研究前沿领域探索前进，为病人寻找更好的治疗方案。卢世璧曾说，要把全部心血和精力献给党和军队的医学事业。为病人减轻痛苦，是他一生的使命。

阅读启示

卢世璧的一生让人敬佩又感叹——在从军从医的人生道路上，他树立了白衣战士一心向党、赤诚奉献的光辉旗帜；在面对险情、危机、挫折的时候，他步履坚定、从未迟疑！卢世璧"一心向党、一生许党、一切为党"的执着追求和崇高精神，传递着他勇担重任、守护健康的信心与决心。

拓展延伸

卢世璧先后参加过1966年邢台地震、1975年营口地震、1976年唐山地震、2008年汶川地震的抗震救灾工作。汶川地震后，年近八旬的他主动请缨赶赴前线救治伤员，是救援队伍中年龄最大、专业技术级别最高的队员。卢世璧总说，哪里的患者需要他，他就应该在哪里，"因为我首先是党员，其次是军人，第三是大夫、医生，这是我的身份"。

屠呦呦：青蒿济世的药学家

"青蒿素，是中医药给世界的一份礼物。"青蒿素问世五十多年来，挽救了全球数百万人的生命。而带领团队攻坚克难、以身试药，用一株小草改变世界的，正是诺贝尔奖得主、"共和国勋章"获得者屠呦呦。

屠呦呦，1930年出生于浙江省宁波市的一个书香门第，名字典出《诗经·小雅》中的"呦呦鹿鸣，食野之苹"。当时，没有人能预料到诗句中的那株野草会改变这个女孩的一生。她在发现青蒿素和治疗疟疾方面的卓越研究，显著降低了疟疾患者的死亡率，为促进人类健康和减少病患痛苦做出了无法估量的贡献。

疟疾，是由疟原虫引起的虫媒传染病，至今仍是全球传播最广泛和最具破坏性的传染病之一。20世纪60年代，抗性疟蔓延，抗疟新药的研发在国内外均处于困境之中。

从北京医学院（今北京大学医学部）药学系毕业后，屠呦呦被分配到卫生部中医研究院（今中国中医科学院）中药研究所工作。1969年，她担任抗疟研究组组长，带领科研团队查阅大量古书、古方，拜访众多老中医，终于在葛洪的《肘后备急方》关于青蒿抗疟的记载中找到了灵感。"青蒿一握，以水二升渍，绞取汁，尽服之。"把一把青蒿捣碎，用水浸泡后将汁液全部喝下，这怎么和我们传统的中草药用水煎服的食用方式不一样呢？屠呦呦想，也许高温煎熬会破坏青蒿的有效成分。

于是，她和她的科研团队进行了几百次各种温度下的提取试验，结果都以失败告终。但屠呦呦坚信，有我们中华民族几千年中医药文化的支撑，一定可以成功。他们又进行了上百次的反复试验，终于，1971年，屠呦呦从黄花蒿中发现了抗疟疾的有效提取物，这一次的发现让她坚信抗疟药物一定能被发明出来。于是，屠呦呦与同事们进一步了解青蒿，并从中提取了一种分子，命名为青蒿素。在团队成员们的不断努力下，他们终于克服重重困难，合成出了双氢青蒿素。

然而，青蒿素对人体而言是否安全，在当时仍是未知。为了尽快进入临床验证阶段，屠呦呦决定以身试药。她说："有一些毒副反应的因素，我们要自己来试一下。我是组长，有责任第一个试药！"1972年7月，屠呦呦等三名科研人员一起住进医院，经过试服，最终证明青蒿素是安全的。

2015年10月5日，瑞典卡罗琳医学院在斯德哥尔摩宣布，中国女药学家、中国中医科学院中药研究所首席研究员屠呦呦荣获2015年诺贝尔生理学或医学奖。这是中国科学家因为在中国本土进行科学研究而首次获得诺贝尔科学奖，是中国医学界迄今为止获得的最高奖项。

面对诺贝尔奖这一巨大荣誉，屠呦呦总是说这是属于科研团队的每一个人和国家科学集体的。她将部分奖金捐给了北京大学医学部和中医科学院成立基金，用于奖励年轻的科研人员，激励他们发现和创新。好奇心和兴趣是科学研究的驱动力，她希望更多的年轻人学科学、爱科学，为祖国的科技发展贡献自己的一份力量。

如今，已年过九旬的屠呦呦仍牵挂着青蒿素和疟疾研究："祖国需要我，我义无反顾！"

阅读启示

数十年如一日，屠呦呦从未改变过自己的追求。岁月见证了她在人类抗疟历史上留下的一笔一画。个人命运与国家发展的相互交织、紧密联系，奏响了她人生的乐章，书写了她无私无悔的一生。

拓展延伸

2015年，习近平总书记致信祝贺中国中医科学院成立60周年。信中写道："以屠呦呦研究员为代表的一代代中医人才，辛勤耕耘，屡建功勋，为发展中医药事业、造福人类健康做出了重要贡献。"

姚玉峰：守护心灵之窗的光明使者

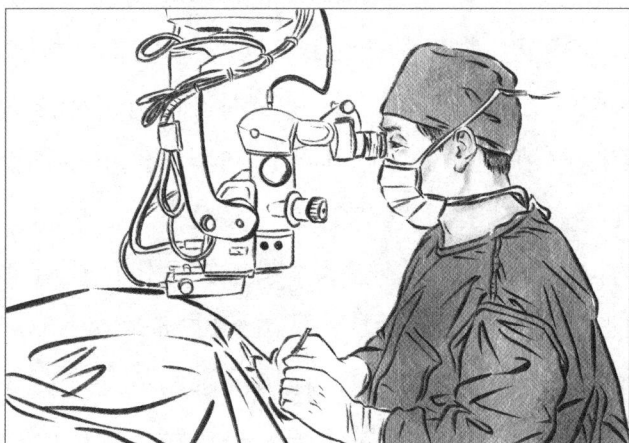

　　1984年，姚玉峰毕业于浙江医科大学。1990年，他考取了原国家卫生部公派奖学金的出国项目，赴日本大阪大学留学，在国际著名眼科专家田野保雄教授和大桥裕一教授的指导下，从事角膜病诊治的研究。他用三年时间取得了三项当时在国际上颇有影响力的成果，并提前完成了博士答辩。毕业后，面对大阪大学千方百计的挽留和哈佛大学的盛情邀请，姚玉峰放弃了优厚条件，毅然决然回到祖国。他心里始终明白，是国家的公派名额给了他留学的机会，而自己出国是为了掌握更多的知识和技术，学成后要带着所学的国际顶尖技术回国治好更多的病人。

姚玉峰回国时，国内角膜病患者约有上千万人，因病失明的也有约300万人，而那时国内的角膜移植技术还处于起步阶段。当时角膜移植的排斥反应不但会使患者失明，甚至会丧失整个眼球，急需新知识新技术。

回国后，姚玉峰潜心研究，刻苦钻研，始终致力于眼科角膜移植的研究与创新。1995年，他主持了世界上第一例不会发生排斥反应的角膜移植手术。后来，由他独创的世界首例角膜移植术，不但大范围应用在国内患者身上，还被推广到美国、日本、欧洲等地，成功解决了排斥反应这一世纪难题，被国际眼科界命名为"姚氏法角膜移植术"。在世界角膜移植进步史上，第一次出现了中国人的名字。

当姚玉峰来到成立不久的邵逸夫医院时，他几乎白手起家，靠着一把镊子和一把剪刀筹备起了眼科。他有一套刻着"yao"的特殊手术工具，这是他在日本留学期间反复试验发明的。传统的角膜移植是会有排斥反应的，"姚式法角膜移植"就是把角膜里面头发丝十分之一左右粗细的这一层"根"保留，把其他混浊的部分换掉，这样既能够完全恢复患者角膜的透明性，又不会发生排斥反应，而姚玉峰的"姚氏镊"刚好可以在角膜上开一个0.1毫米的口子。就这样，独特的"姚式镊"帮助姚玉峰攻克了世界级难题。他先后诊治过32万例各类眼科病人，其中有3万余名患者在术后重见光明。

每天面对天南海北慕名而来的病人，姚玉峰深知自己的个人力量有限。他想，如果这些患者所在家乡的医生能拥有这样的知识技术和能力，患者就可以在当地治疗了；如果有十个、百个、千个"姚玉峰"，那就可以让十个、百个、千个甚至更多的人重获光明，这样才不违背自己学医的初心。于是，姚玉峰萌生了培训教学的想法。

从2009年开始，在浙江省医学会和邵逸夫医院的支持下，姚玉峰开始了"姚氏法"的普及工作，每年面向全国眼科医生举办两期眼科培训。培训班一办就是八年，从最初五十多人的小班，变成现在几百人的大课堂，而且期期爆满。连续十多年，姚玉峰在全国培训了千余名眼科医生，相当于全国眼科医生总数的四分之一。他毫无保留地开展角膜移植技术的培训与推广，带出了一批具有国际眼光、能共同推动学科发展的专业人才，率先建立了与国际接轨的眼库。姚玉峰坦言，当有这样的一个群体自然地使用这个技术的时候，他的成就感最高。

在长达三十多年的职业生涯里，姚玉峰给无数在黑暗中挣扎的病人带来了光明。他说："我能够走到今天，跟我的机遇、平台密不可分，还有就是每个时期都有给我'摆渡'的人。我应该给人家提供'摆渡'，这大概是我现在身上所担负的那么一种使命。"

阅读启示

面对社会的赞誉，姚玉峰曾说："我更加坚信，有时比知识和技术更珍贵的，是医生的职业情怀、责任、勇气和担当。"在守护眼疾患者的道路上，他一直带头探索全新领域。他一边潜心钻研，一边广播"火种"，用自己的光，照亮患者的眼，点亮学生的心。

拓展延伸

当姚玉峰推开鼻梁上的眼镜，人们会发现他的眼眶处有一道不起眼的伤疤，正是这道细细的伤疤，让他萌生了做医生的愿望。7岁那年，因为一场意外，姚玉峰的左眼被撞破，整团脂肪像球一样挂在眼眶外，大家都以为他的眼珠子被撞出来了。所幸，他遇到的医生医术精湛，为他做了彻底的清创缝合。两周后，他小学入学报到体检时，受伤的眼睛视力已完全恢复正常。这段特殊的切身经历，在姚玉峰幼小的心灵里种下了对医生感恩和崇敬的种子，他向往着自己长大后也能当一名眼科医生，为他人送去光明。

王琳：再生医学"丝绸之路"的开创者

王琳出生于湖北省武汉市的一个医学世家，受到父母的熏陶，她从小就对生物医学研究产生了浓厚兴趣。解决一些以前没有解决的医学难题，缓解病患伤痛，是王琳一直以来的梦想。

初中时，王琳随出国攻读医学博士的父亲赴德国念书。父亲毕业后选择放弃国外优越的工作和生活条件回国，对王琳产生了很深刻的影响。2005年，王琳赴美国布朗大学攻读生物医学博士学位，并先后担任哈佛大学研究员和密歇根大学访问学者，在"骨骼肌的再生修复"等领域取得了突出成果。

2011年，当得知国家已启动海外高层次人才引进计划，并急需再生医学人才时，正在哈佛大学从事研究工作的王琳做出了与父亲当年相同的决定，毅然回国。对此，王琳坦言，相比国内，美国的待遇会好很多，但是对她这个年纪的年轻人来说，当时美国的科研环境很难给他们提供一个"自立门户"的机会。在她回国时，导师就告诉她，找遍全世界各个地方，都不可能找到像中国这样给年轻人这么大支持的国家。国家能拿出一大笔钱来支持青年、支持科研的发展，王琳觉得这对知识分子，特别是对青年科学人才而言是很大的尊重和信任。

回国后，王琳在华中科技大学附属协和医院创建了我国华中地区第一个再生医学研究中心，她的第一个课题就是寻找修复神经的组织材料。王琳的一名博士研究生曾在中国农业科学院蚕业研究所求学，在一次聊天讨论中，他告诉王琳："蚕丝由丝素和丝胶构成，丝素已经被开发出多种全新的用途，而国内外对于丝胶的医学应用研究几乎处于空白。"直觉告诉王琳，数千年来一直被人们弃置的丝胶，很可能就是一种适用于组织修复的生物材料。于是，王琳带领团队开始了对丝胶的研究。经过实验，她发现蚕丝中曾经被当作废料处理掉的丝胶，可以作为生物医药材料的原料用于创伤和损伤的修复治疗。但当时国内外在丝胶领域的研究几乎是空白的，既没有成形的理论支撑，也没有可供参考的经验，王琳只能从零开始。为了验证温度、试剂、蚕茧类型等多个变量对丝胶的影响，她进行了成百上千次的反复试验，经历了无数次的失败、推翻重来和再优化。功夫不负有心人，经过近三年的研究，王琳终于带领团队成功提取了结构完整并具有生物活性的纯丝胶蛋白，发现了它天然荧光的属性，进而又研究了基于此的医学应用。王琳因此获得了国家发明专利授权，并在国际上得到了广泛认可，这项研究被评价为"近年来在蚕丝医学应用领域具有影响力的研究"。

解决医学上的难题，减轻病患的痛苦，延长病人的寿命，提高病人的生活质量，一直是王琳沉下心来扎实做科研的不懈动力。对于外周神经损伤的修复，临床上一般采取用患者自体神经进行移植的办法。然而，王琳清楚地知道，人体的神经是没有多余的，这样拆东墙补西墙的修复办法会降低病人的生活质量。于是，她又以此为目标，带领团队创新研制出了丝胶神经导管，并通过动物实验证明其可以用于修复外周神经损伤。同时，实验证明，丝胶做成的生物支架等材料，也可以用来修复治疗脑梗、心梗等心脑血管疾病。

宁坐板凳十年冷，不写文章一句空。集中精力做原创的、有影响力的、对国计民生有用的工作，解决目前临床上亟待解决的难题，是王琳从事科学研究一直坚守的初心。

阅读启示

在王琳看来，医者的使命在于救死扶伤，守护人民生命；教师的使命在于培育祖国未来的希望；而青年最重要的使命是以国家需要为自身使命担当，为国为民无私奉献。作为当代中国青年，能为国家贡献自己的一份力量，她感到特别光荣。

拓展延伸

王琳长期秉持"为党育人、为国育才"的使命责任和担当，坚持以学生为中心，以身作则，精益求精，辛勤耕耘在医学检验专业教育教学一线。因突出的立德树人成效，王琳荣获全国"宝钢优秀教师奖"、教育部"霍英东青年教师奖"、华中科技大学"三育人奖"等，带领检验教研室多次获得教学工作先进集体荣誉称号。

闻玉梅：中国治疗性乙肝疫苗开拓者

　　1934年，闻玉梅出生在一个书香之家，父母都是留美医学博士。父亲闻亦传是著名诗人闻一多的堂兄，1927年从芝加哥大学医学院博士毕业后，回国任教于协和医学院解剖系；母亲桂质良曾以第一名的成绩考入清华留美学堂，赴美攻读并取得美国约翰斯·霍普金斯大学博士学位。在家庭环境的熏陶下，书本中的白求恩和居里夫人是闻玉梅从小崇拜的偶像。

　　中学毕业后，闻玉梅毫不犹豫地报考了上海医学院。大学毕业后，她决定从事基础医学研究，为治病救人探寻新的方法。此后，她做过助教带学生做实验，参与过血吸虫病的防治，加入过教改队远赴贵州送医药，翻译过国内外免疫学著作，关注过痢疾杆菌、霍乱菌、红眼病的治疗，甚至还以身试药……

20世纪70年代，应当时上海第一医学院的邀请，闻玉梅开始参与研究病毒性肝炎防治。出于对中国作为"肝炎大国"的忧虑，擅长免疫学、细菌学而对病毒学领域了解不多的她，选择了将病毒学作为自己的研究领域，首选的研究方向就是乙型肝炎（简称"乙肝"）防治。那时，乙肝是我国最严重的微生物感染性疾病之一，严重威胁人民健康。国内对乙肝有疫苗预防，却无治疗办法。闻玉梅决心为控制这一疾病贡献自己毕生的精力。

20世纪80年代，在前往英国进修期间，生活费本就不多的她省吃俭用，硬是买回了实验室短缺的冰箱和幻灯机，并在简陋的条件下开始实验。后来，她又远赴WHO（世界卫生组织）完成了为期三个月的进修，面对看不懂的先进设备和国外陌生的生活环境、工作条件，她不畏困难，刻苦钻研，仅用短短三个月的时间就合作完成了论文《肝癌细胞PLC/PF5克隆株分泌乙肝病毒表面抗原的研究》，并在国外发表。

在乙肝病毒机理等领域，闻玉梅先后发表了数百篇论文，获得了多项国家级成果，她和众多同行一起，为中国乙肝发病率的大幅下降做出了突出贡献。1987年，闻玉梅提出要研发一种治疗性疫苗，能调动人体自身免疫机能识别和克制乙肝病毒，以突破患者必须终身服药的局限。但在当时人们的认知里，疫苗只能防病，从没听说过还能治病，这个设想几乎无人相信。于是，闻玉梅以身试针，做了新型疫苗的第一次人体安全性试验。

"非典"肆虐之时，年近七旬的闻玉梅受钟南山院士之邀，南下广州，抗击"非典"。学生担心她的安全，劝她不要去，但闻玉梅拒绝了。在她心里，医生的职责永远大于个人安危。她亲自进入生物安全防护三级实验室，仅用十九天便取得了"灭活SARS病毒免疫预防滴鼻剂"研究的初步成功。

她秉承家学，心怀大爱，不畏生死，甘坐冷板凳。90多岁的闻玉梅仍在为医学事业而努力。她带领团队承担中国工程院重点咨询项目"长三角地区健康老龄化发展的战略研究"，提出"医老"的口号，希望能够为国分忧，为民解难。"科研的核心是创新，科研的道路是勤奋，科研的态度是求实，科研的目的是为人民。"她曾跟学生说过的话，至今仍贴在实验室的墙上。

心怀梦想，无问西东

不忘记国家、不忘记人民，闻玉梅始终铭记于心。如今年过九旬的闻玉梅依然初心不改，从未放下手中那把科研的"利剑"。在她身上，我们看到了医生所具备的仁爱之心，看到了科学家永不言弃的毅力和巾帼不让须眉的女性时代精神。

拓展延伸

奋战乙肝的几十年中，闻玉梅时刻关注着医学界的动态，她时常对自己的学生强调要注重人文医学。她说："医生和病人不是敌人，是战壕里的战友。"闻玉梅还积极在大学中开办人文医学课堂讲座，为新一代接班人注入人文医学新思想。闻玉梅说："我们教学，不是简单传授技术，更要有时代性、社会性。既要介绍国际先进的成果，也要讲述中国科技界的努力和进展，坦言差距，激励年轻一代继续努力。"